철수

철수

배수아 소설

레제

차례

철수

7

작가의 말

113

철수

  1988년 나는 경기도에 있는 한 대학의 임시 직원으로 일하고 있었다.
  외부 강사들에게 강의의뢰서를 보내고 그들의 강의 스케줄을 조정해주고 학생들의 불만을 들어주거나 강사들에게 급여명세표를 발송하는 등이 주로 내가 하는 일이었다. 일에 대해 말하자면 그다지 큰 불만은 없었다. 내가 맡은 일은 일종의 행정사무 보조로, 특별히 전문적인 지식이나 자격 없이도 누구나 할 수 있는 수준의 일이었다. 약간의 기억력과 어느 정도의 성실함만 있다면 겁낼 것이 없었다. 말하자면 그 일을 하기 위해 수년 동안 어려운 공부를 해야 하고 수천 페이지의 리포트를 제출해야 하고 두꺼운 분량의 논문을 써야 하고 영문으로 된 이력서가 통과되어야 하는 그런 종류의 일과는 결단코 비슷하지도 않았다. 그래서 직원들은 껌을 씹거나 심지어 손톱을 손질하면서 전화를 받고, 아주 짧다 못해 빈약해 보이기까지 하는 강의계획서를 타이핑하는 데 두 시간씩 걸리기도 했다. 드

나드는 사람들이 많아서 하루에 커피를 스무 잔 이상 탈 때가 많았다. 물론 진흙 맛이 나는 인스턴트커피다. 직원들이 특별히 나태하거나 일에 심드렁해서가 아니다. 요는 그 일의 특성이다.

모든 사람이, 모든 절차와 행정이 적당한 속도로 발맞추어 가고 있다. 별로 정교하지 못한 기계의 부속들이 적당한 속도로 소모되면서 별다른 의식 없이 최소한의 의지로 조직에 복종하듯이 그렇게 이루어지는 것이다. 그래서 나는 의식하지 못하는 사이에 아주 체계적이 되었다. 그곳은 혁명이 일어나지 않는 곳이다. 그래서도 안 된다. 그 자체의 도덕이 엄숙하게 작용하도록 맡은 일에만—커피를 스무 잔 타거나 대학원 불합격자 명단에서 교수들이 원하는 사람의 서류를 카피해서 올려주거나—충실한다는 대원칙이 있다. 내가 스스로에 대해 시니컬하게 말한다고 생각할 수도 있겠지만 그건 아니다. 나는 직장에는 딱히 불만이 없었다. 버스를 한 시간이나 타야 하고 계약

철수

직 임시 직원이기 때문에 월급이 오른다거나 하는 일은 바랄 수 없다는 등의 사소한 문제를 제외한다면. 내 주변의 친구들은 정부의 관료로 일하거나 증권회사의 신입사원 혹은 보육원의 교사도 있었지만 많은 경우가 실업 상태였다. 난 아마 막연히 두려움을 가졌던 것 같다.

일은 아주 바쁘지도 않았지만 그렇다고 한가로이 뜨개질을 하거나 할 정도도 아니었다. 일을 하고 있으면 시간은 적당하다고 할 수 있는 속도로 흘러갔다. 월급은 당연히 아주 적었다. 그 문제만 없었다면 나는 좀 더 오래 그곳에서 일했을지도 모른다. 대학이 방학을 하면 우리는 한 달간의 휴가를 가질 수 있었다. 나는 그 한 달 동안 집 근처의 염료공장에서 아르바이트를 했다. 염료가 든 튜브의 뚜껑을 기계로 고정하는 일이었다. 그로부터 많은 시간이 흘렀다. 그사이 염료공장은 그토록 원시적이었던 마지막 공정을 좀 더 근대적인 시설로 바꾸었으리라. 하지만 그랬다면 아크릴물감의 숨막히는 냄새에 둘러싸인 채 보냈던 그 여름의 아르바이트는 없었을 것이다. 나는 가끔 생각한다. 내가 오래전에 알았던 어떤 사람들, 그리고 먼 미래에 내가 우연히 알게 될 불특정한 사람들이 밤의 지하철을 가득 메우고 있다. 그들은 내 인생의 사람들이다. 내가 오래전에 알았던 대부분의 사람들은 이제 다시는 나를 만나지 않고 살아갈 것이며 먼 미래에 내가 우연히 알게 될 사람들은 나를 모른다. 그들은 어두운 얼굴로 불빛 희미한 시청 앞 지하철역에서 무감동하게 내 어깨를 밀치며 지나간다.

시청 앞에서 지하철을 내려 플라자호텔 뒤편으로 걸어들어가면 거기 대학의 근무가 끝난 저녁에 내가 일했던 식당이 있다. 식당의 낡은 나무대문을 밀고 들어서면 마당에는 기괴스러울 정도로 정교하게 비틀어진 채 자라난 소나무가 있고 흰 창호지 문이 달린 방들이 있다. 전체적으로 초라하고 궁상맞아 보이는 표정을 하고 호텔의 뒤편에 늙은이처럼 들어앉은 그 식당에서 사람들은 밥을 먹거나 술을 마시고, 금요일 밤이면

철수

방을 빌려 포커를 치고 가끔 대마초 따위를 피우기도 했다. 나는 설거지를 하거나 음식을 나르고 마루를 닦거나 담배 심부름을 했다. 가끔 천원 정도를 팁으로 받는 경우도 있었다.

피곤. 그렇다. 그때 스물네 살이었지만 나는 피곤했다. 변기에서 일어서는 정도의 쇼크에도 어지러움을 느낀 지는 오래되었다. 아침에 버스를 타면 손잡이를 잡은 채로 서서 잠이 들었다. 립스틱을 칠했어도 감출 수 없는 그 입술의 건조함, 충혈된 눈과 공복의 구토감, 거친 얼굴과 혓바닥의 공포.

과거 나에게는 수의사가 되고 싶다는 꿈이 있었다. 이미 오래전에 접어버린 꿈이기는 하지만, 그랬다. 그러기 위해서는 다시 대학을 다녀야 하는데 나에게는 그것이 불가능했다. 가족 중에서 돈을 벌고 있는 사람은 나 혼자였다. 나는 외형적으로 완벽한 가족을 갖고 있었다. 어머니와 아버지와 나보다 열 살 많은 오빠와 열 살 어린 여동생. 어떻게 해서 그런 이상한 터울이 만들어졌는지는 잘 모르겠다. 나는 지금도 생각한다. 내 가족은 내가 오래전에 알았을 뿐이며 앞으로의 시간 어느 모퉁이에서도 만나지 못할 어떤 사람들과 먼 미래의 어느 날에 내가 우연히 알게 될, 지금은 알지 못하는 어떤 불특정한 사람들의 집단이 아닌가. 지금 현재의 순간에 그들은 아무 영향력 없는 낯선 타인일 뿐이지만 결국은 무의미한 채 내 인생의 모든 사람들이 될 어둡고 희미한 얼굴들. 지하철에서 부딪히는 낯선 어깨, 식당에서 팁을 건네는 미지근한 손의 감촉, 얼굴을 한 번도 본 적이 없는 범죄사회학 외부 강사의 전화기 속 목소리.

"이번 주 강의 주제는 살인입니다."

"아."

"토요일 저녁 여덟시부터죠. 세 시간 동안 강의합니다."

"비디오테이프를 사용하실 건가요?"

"아닙니다."

"아, 필요하시다면 자료실에 신청해놓으려고 그랬어요."

"그럴 필요는 없습니다. 사용하지 않을 거니까요. 그런데,"

철수

"말씀하세요."

"지난번 중간시험 결과 평가서 양식이 바뀌었죠?"

"네, 맞아요."

"우편으로 보내주지 않나요, 그런 것은?"

"다 보내드렸는데요."

"받지 못했습니다."

"분명히 보내드렸어요. 강남대학교의 강진구 교수님이 아니신가요? 학교로 보내드렸는데요."

"전 강남대학교의 강진구 교수가 아닙니다. 어느 대학의 교수도 아니고 그냥 회사원이고 야간대학의 시간강사일 뿐입니다. 뭔가 혼동하신 듯하군요."

난 잠시 멍해졌다. 몇 달 동안이나 난 범죄사회학을 강의하는 사람이 강남대학교의 강진구 교수라고 생각하고 그쪽으로 온갖 안내서와 우편물들을 보내왔다. 그리고 간혹 걸려오는 그의 전화도 강진구 교수라고 생각하면서 받았다. 강진구 교수는 작년까지 비슷한 과목을 강의하던 사람이었다. 난 서둘러 강사 목록을 서류철에서 뒤져 꺼내보았다. 역시 틀려 있었다. 오, 나는 당혹했다.

"역시 틀려 있군요."

나는 조그맣게 말했다.

"실수였겠죠."

"죄송합니다. 양식은 다시 보내드릴게요."

"뭐 괜찮아요. 오케이."

그는 마음이 좋은 사람인 듯했다.

"시간이 된다면 토요일 강의를 들으러 오시겠습니까? 흥미 있는 내용이 많은데요."

"어떤 사람들이 살인을 하나요?"

나는 그의 말을 막았다.

"살인자들이겠죠."

그는 웃지도 않고 말했다.

"왜 살인을 하나요?"

"나름대로 말 못할 사정이 있겠죠."

"강의도 그런 식으로 하시나요?"

"아니죠. 강의는 원칙대로 책을 읽어줍니다. 학생들을 어리둥절하게 만들려면 책의 순서를 거꾸로 설명해나가면 되죠. 아무도 책의 마지막까진 모르니까 긴장하게 되거든요. 아주 간단한 방법인데 효과가 큽니다. 그런데 토요일 강의는 들으러 오실 수 있습니까?"

"어렵겠어……요. 저, 저녁때는 시내에서 아르바이트를 해요."

"매일?"

"네, 매일."

"어떤 아르바이트인가요?"

"설거지와 청소."

나는 한숨을 쉬었다. 그리고 삼 초 동안의 침묵.

"농담이겠죠. 어쨌든 들으러 올 수 없다는 뜻이라는 것은 알겠습니다."

가족 중에 아직 미완의 인격이 있다면 그건 내 여동생이었다. 그 아인 빼빼 마른 앙상한 몸매에 발육이 되다 만 듯한 가슴과 멋없이 길쭉하기만 한 팔다리를 갖고 있었지만 우리 형제들 중에서 가장 학교 성적이 좋았다. 아직 중학생인 그 아이가 멋진 방법으로 연립방정식을 풀거나 난생처음 보는 유형의 제곱근 문제를 이십 초 만에 완벽하게 해치워서 나와 오빠를 감탄시킨 적이 있다. 그러나 더이상은 그 아이에 대해 아는 것이 없다. 우리는 자매라고 하기에는 너무나 나이 차이가 많았고 자라면서 서로 얼굴을 마주칠 기회도 별로 없었다. 방을 같이 쓴 적도 없었고 한 명의 남자를 같이 좋아해본 적도 없고 한 벌의 레이스 속옷을 놓고 서로 다투어본 적도 없으며, 서로의 존재를 별로 의식하지 않고 살아왔다. 그해 봄이었을까. 일요일 오후, 늦잠에서 일어난 내가 목욕탕을 다녀와 젖은 수건을 마당에 널어놓으려 부엌을 지나가는데 여동생이 우는 소리가 들렸다. 무슨 일일까. 문득 떠오른 것은 그 아이가 마침내 생리를 시작하게 되었나, 라는 엉뚱한 생각이었다. 그때 여동생이 생리를 시작했는지 어떤지 나는 몰랐다. 하지만 보통 그 나이의 여자아이들이 우는 것은 초경 때문이 아닐까. 과자나 수채 색연필 때문에 울 만한 나이는 지났고, 남자 때문이라면 좀 이르다.

"미아, 왜 우는 거니."

나는 어린 여동생을 도와주려는 마음으로 말했다. 아무것도 아닌 일이야. 너뿐만 아니라 다른 모든 여자들이 겪는 일이니까 조금 귀찮을 뿐 익숙해지면 아무것도 아닌 일이 돼. 아침에 이를 닦고 샤워를 해야 하는 것과 하나도 다르지 않아. 등등.

"수학여행이 가고 싶어."

여동생의 입에서 나온 말은 그러나 내가 전혀 상상하지 못한 말이었다. 그 아이가 수학여행을 가고 싶어하리라고는 정말 생각하지 못했다. 나도 그렇고 오빠도 다르지 않았겠지만 우리 형제는 수학여행 따위를 가본 적이 없었다. 다른 아이들이 수학여행을 가 있는 동안 나는 학교에 나가 아무도 없는 교실에서 교사들이 내준 숙제를 했다. 국어교과서 백 페이지를 노트에 깨끗하게 베끼고 방정식을 풀고 접시에 담긴 정물화용 사과를 닦고 물걸레로 책상을 닦았다. 아무도 없는 교실의 창밖으로 봄 혹은 가을의 한가한 하늘이 펼쳐지고 빈 의자들 사이로 연필이 굴러가는 소리가 도르르 들려온다. 나나 오빠에게는 그다지 나쁘지 않았다고 생각한다.

"나도 오빠도 수학여행을 가지 않았어. 그건 그다지 불행은 아니었다고 생각해."

나는 의외임을 감추지 않으며 동생에게 말했다.

"언니나 오빠랑은 경우가 달라. 이번에는 비행기를 타고 간단 말이야. 비행기라구. 아이들은 벌써부터 여행 이야기 말고는 아무 얘기도 안 해. 수학여행을 가지 못하면 나는 친구들에

철수

게서 버림받을 거야."

 동생의 목소리는 단정적이었다. 나와 오빠에겐 친구가 없었다. 적어도 수학여행을 같이 가고 싶다고, 학교가 끝나고 돌아오는 길에 손을 잡고 걷고 싶다고 느끼는 그런 친구 말이다. 친구들에게서 버림받는다고 생각되어도 그다지 슬퍼지지는 않았을 학교생활이었다. 하지만 동생은 달랐다. 그 아이는 다른 여자아이들과 같은 모양으로 머리를 땋고 같은 모양으로 양말을 접어 신기를 원했다. 그 아이의 생일이나 뭐 그런 날이 되면 여자 친구들에게서 꽃이나 과자 같은 선물이 집으로 배달되어 왔다. 여동생은 또래의 여자 친구들에게 치르치르처럼 매력있는 중성의 대상이 되어주고 있는 것이다. 그런 아이에게 수학여행을 가지 말라고 하는 것은 잔인한 일인지도 몰랐다. 내가 수학여행을 가지 못한 것은 가난했기 때문이었고 오빠의 경우는 친구들과 어울리지 못해서였다. 나나 오빠는 수학여행을 가지 못하는 집안의 가난이나 조직에의 부적응 때문에 슬퍼하거나 하지 않았다. 가난하거나 고독하다는 것이 불행이든 아니든 아무래도 상관없었다. 그것은 그저 특별했다. 그것뿐이었다.
"언니, 나 수학여행을 가지 못한다면 죽어버리겠어."
시간이 지나 여동생이 자라게 되면 그 아이도 나나 오빠처럼 세상에 대해 냉소 섞인 무관심으로 가난과 부적응의 상태를 견뎌나가는 가계의 핏줄을 받아들이게 될까. 그러나 아직은 아니다. 나는 여동생의 머리를 안았다.
"오늘이나 내일쯤 식당에서 월급을 받을 거야. 그걸로 수학여행을 가도록 해."
"언니, 그건 언니의 점심값이잖아."
"괜찮아. 한 달 동안 도시락을 싸가지고 다닐 거야."
아침에 일찍 일어나기는 힘들 것이고 밥이나 반찬이 준비되지 않은 날이 많아서 아마 대부분은 점심을 먹지 못하겠지만 그런 것은 말하지 않았다. 오빠는 식당일이 끝나는 늦은 시간에 가끔 나를 데리러 전철역으로 나오곤 했다. 마지막 전철이 출발하는 시간 오빠와 나는 시청역 지하도를 가로질러갔다. 일요일 밤이다. 몸이 지하도 깊숙이 가라앉는 것처럼 무거워온다.

"일은 견딜 만하니?"

오빠는 언제나 과묵한 편이다. 같은 집에 살면서도 오빠의 목소리를 듣는 날은 많지 않았다. 오빠는 한때 청와대 경호부대에서 일했던 경력이 있었다. 그곳을 그만둔 뒤 오빠는 하는 일마다 실패하는 많은 평범한 사람들 중의 하나가 되었다. 오빠는 대학을 나오지도 않았고 컴퓨터 천재도 아니었다.

"좀 피곤하지만 견딜 만해. 일요일은 손님도 많지 않고."

"식당일을 꼭 해야 하니? 아침에도 일찍 출근해야 하는데."

뒤축이 낡은 오빠의 운동화가 지하도 계단을 내려가고 있다. 지난달까지 오빠는 공사장의 야간경비 일자리를 가지고 있었다.

"너에게 미안하다."

"오빠, 그런 말 하지 않아도 돼. 난 아무렇지도 않아."
"나, 일본으로 갈 거야. 거기 가면 일자리가 있대."
"언제쯤?"
"준비 중이야. 빠르면 다음 달."
"무슨 일인데."
"오사카의 청소용역회사야. 열심히 하면 월급도 떼이지 않고 돈을 모을 수 있어."
"무엇을 청소하는 데야?"
"여러 가지. 하수도, 도로, 정화조, 그런 것들."
"얼마나 가 있을 건데?"
"있을 수 있는 한 최대로 오래 있을 거야. 비자는 일 년인데 연장할 수 없으면 불법체류라도 할 거야. 자리를 잡으면 너에게 돈을 보내줄게."
"오빠, 난 괜찮아."
"넌 너무 고생하고 있어. 부모도 있고 오빠도 있는데 너무

무능력하다."

"아냐. 난 오빠가 못 다닌 대학도 나왔고 건강해. 아직은 살아갈 수 있어. 그러니 오빠나……"

오빠는 서른네 살이었고 과거에 한 일 년 정도 여자와 동거한 적은 있지만 경제적인 이유로 헤어진 후 아직 결혼하지 못했다. 가끔 그런 오빠가 안쓰럽다. 오빠가 동거하던 여자와 헤어지고 집으로 돌아왔을 때 나는 고등학생이었다. 햇빛이 노랗게 마당에 쏟아지고 있는 토요일 오후, 나는 학교에서 돌아온 뒤 수돗가에서 빨래를 했다. 문득 뒤돌아보니 거기 오빠가 서 있었다. 언제부터 거기 서서 날 보고 있었을까. 오빠는 나에게 시장에 가자고 했다. 내가 빨래를 마저 해야 한다고 하니 드물게 신경질적으로 말했다. "마저 할 필요 없으니까 그냥 나가면 돼." 오빠는 시장에 가서 만두를 사주었다. 만두 다음으로 오빠가 나에게 사준 것은 믿을 수 없게도 세탁기였다. 나는 너무나 기뻐서 한참 동안 울었다. 열일곱 살 난 여자아이가 세탁기 선물을 받고 눈물이 날 정도로 좋았던 것이다. 나중에 알았지만 오빠는 여자와 같이 살던 월세방 보증금으로 나에게 세탁기를 사준 것이었다. 그리고 저녁도 먹지 않고 휘휘 밖으로 나갔다. 그때 오빠의 발자국마다 바람이 이는 듯 느껴졌다.

그런 세월의 어느 순간에 철수가 군대를 갔다.

철수는 군대에 간 이후 가끔 편지를 보내왔다. 편지는 아주 짧았다. 한가로운 날씨 얘기나 구름 얘기, 그런 것들이 대부분이었다. 철수는 광물성에 가까웠다. 인생을 풀어나가는 방법이 그랬다는 것이다. 무성의하지도 않았고 드라마틱하지도 않았다. 철수는 나만의 남자친구는 아니었고 나 또한 철수만의 여자친구가 아니었다. 철수는 정치경제학을 듣지도 않았고 노동문학연구회에 가입하지도 않았지만 다른 아이들처럼 고시 준비에 매달리지도 않았다. 그런 철수는 때로 멍해 보였다. 다들 뭔가 해야만 한다는 봄날의 현기증 같은 초조감에 시달리고 있을 때 철수는 하품을 하면서 크로스워드 퍼즐 같은 것을 풀고 있곤 했다. 철수는 따분한 것을 권태 없이 받아들일 줄 알았다.

그때 철수와 친했던 여자아이들을 나는 한 다스쯤은 손가락으로 꼽을 수 있다. 철수가 여자아이들을 대하는 방식은 열정이라기보다는 단순한 호기심에 가까웠다. 그녀들에게 밥과 커피를 사주고 영화를 보러 가고, 간혹 그녀들이 원하면 집회나 시위에도 단순 참가 정도는 해주었다. 하지만 영화나 시위나 야누스 카페의 재즈나 알리앙스의 불어회화 중 어느 것 하나 철수를 진심으로 감동시키지는 않았을 거라고 나는 생각한다. 철수, 어제 그 여자애랑 같이 본 영화 어땠어? 하고 물으면 몰라, 제목은 기억이 안 나고 남자 주인공이 스파이였나, 거지였나 그랬어. 여자 주인공은 떠나거나 죽고, 뒷부분은 조느라고 잘 보지 못했어, 그렇게 대답하곤 했다. 너무나 트렌디한 할리우드 영화도 1960년대 프랑스 영화도, 심지어는 연우무대의

연극에 대해서조차 철수는 언제나 비슷하게 대답했다. 그리고 마지막에 덧붙이는 말도 늘 같았다.

난, 잘 모르겠어.

철수의 여자친구들 중에는 아카데믹하지 않은 인생은 살 가치가 없다는 듯이 강의실과 불어학원과 도서관의 프랑스 문학 코너와 집만 왕복하는 피부가 눈처럼 하얗고 안경을 쓴 눈이 예쁜 여자아이가 있었다. 그 여자아이에게 특별히 원대한 꿈이 있었을 거라고는 생각되지 않는다. 그 여자아이는 나중에 평범한 샐러리맨과 결혼해서―그 샐러리맨은 프랑스인은 아니었다―불어 따위는 쓸 일도 없는 서울에서 남편의 월급을 가지고 살았다. 나중에 수학선생이 된, 별로 예쁘지 않고 목소리가 크고 애교 없는 여자아이도 있었고 도저히 못 말리게 열렬한 사회주의자도 있었고 일류 사립대에 다니던 이지적인 미인도 있었으며 질투가 심한 아이도 있었고 남자를 동시에 몇 명씩 만난다는 여자아이도 있었다. 그녀들을 사귀고 헤어질 때마다 철수는 말했다.

난, 잘 모르겠어.

무슨 훈련인가를 끝내고 철수는 휴가를 나왔다. 그때 철수는 변해 있었다. 뭐가 어떻게 달라졌는지 설명되지는 않지만 얼굴은 까맣게 타고 두 눈동자만 번들거렸다. 손바닥은 까칠해지고 말이 줄었다. 철수는 콜라 캔을 들고 내 곁에 와서 앉았다.

"도대체 왜 그렇게 매일 바쁜 거야?"

철수는 불평부터 했다.

"편지에 한 번도 답장도 없고."

"아르바이트하는 거야."

"손을 줘봐."

철수는 내 손을 만졌다. 나는 철수가 원하는 것을 알 수 있었다. 변한 철수는 시간을 낭비하지 않았다. 철수의 입술이 머뭇거리며 나에게 다가왔다. 감동도 전율도 없는 첫 입맞춤이었다.

"우리 집에 가지 않을래?"

철수가 물었다. 철수는 우리 집에 여러 번 왔었지만 나는 철수의 집에 간 적이 없었다. 철수의 집은 너무 멀었고 부모님과 여동생이 함께 살고 있다고 들었다. 저녁에는 아르바이트하는 식당에 가봐야 했기 때문에 난 잠시 망설였지만 휴가 나온 철수를 실망시키고 싶지 않아서 그러겠다고 했다. 철수는 내 손을 잡고 자리에서 일어섰다. 집으로 가는 버스 안에서 철수는 나를 무릎에 앉히고 내 눈을 들여다보았다. 나는 짧게 깎인 철수의 머리를 만졌다. 창밖의 회색빛 풍경이 권태롭게 흘러갔다. 분홍색 스웨터가 잘 어울린다고 철수가 말했다. 집에 도착할 때까지 철수는 그 한마디뿐이었다.

철수의 집에는 아무도 없었다. 어머니는 친척의 결혼식에 갔고 여동생은 학교에서 돌아오지 않았다. 거실에는 낡은 카펫이 깔려 있고, 부자연스러울 만큼 큰 텔레비전에 고흐의 이미

철수

테이션이 어울리지 않게 장식되어 있었다. 철수는 나에게 커피를 끓여주었고, 우리는 제목도 잘 알 수 없는 자메이카 음악을 들었다. 시간이 건조하게 지나가고 나는 점점 초조해졌다.

"내 방 구경하지 않을래?"

철수가 마침내 입을 열었다. 쿵쿵거리는 자메이카 음악에 맞추어 내가 몸을 흔들고 있을 때였다. 철수는 커피잔을 입에 댔지만 한 모금도 마시지 않았다. 철수가 음악을 꺼버렸을 때 벽에 걸린 괘종시계가 불현듯 댕댕댕 울렸다. 바랜 듯 흐린 오후의 햇빛이 유리창으로 비치고, 카펫에서 먼지가 풀썩여 눈앞이 뿌옜다. 밝지도 않고 어둡지도 않았다.

"내일모레면 휴가가 끝나."

방으로 들어서면서 철수가 말했다. 철수의 방은 크고 어둑어둑했다. 겨울용 커튼이 쳐져 있었다. 책상과 경제학 책들이 가득 꽂힌 책장과 옷장과 침대와 아령. 어느 남자아이들이나 다 갖고 있는 것들이었다. 나는 희미한 빛 속에서 철수의 책들을 구경했다. 어느 것이나 내가 모르는 것뿐이었다. 흔한 소설책이나 가벼운 수필집이나 눈에 잘 띄지 않게 숨겨놓은 포르노 잡지 같은 것들조차 보이지 않았다. 책상 위 유리에는 철수가 군대에 있었던 사 개월만큼의 먼지가 엷게 덮여 있었다.

나는 철수를 고등학교 때부터 알고 지냈다.

철수는 나보다 두 살이 많은, 평범하다고 할 수 있는 학생이었다. 고등학교의 마지막 해에 나는 동사무소에서 사환 아르바이트를 했었다. 그때 철수는 동사무소에 일을 보러 온 대학생이었다. 철수는 어느 정도는 우등생이었고 또 그만큼은 모범생이라고 해도 무리가 없었다. 우리는 완전한 친구도 아니고 그렇다고 그 이상의 관계도 아닌 채로 대학을 마쳤다. 특별하다는 것은 무엇일까. 잠들기 전에 전화하고 주말은 반드시 같이 보내고 새로 개봉한 영화를 함께 보고 생일을 기억하고 별다른 문제가 없으면 졸업할 즈음에는 서로의 부모님에게 인사를 드리러 간다. 그리고 술을 마시거나 포르노 테이프를

철수

볼 때면 생각이 나고 서서히 모든 세상의 기준을 상대를 통해 이해하게 된다. 그렇다면 철수와 나는 서로에게 특별하지 않았다. 철수는 나에게 나는 철수에게 감동하지 않았다. 그러나 이상하게도 철수의 친구들과 내 친구들은 우리가 연인이라고 생각하고 있었다. 심지어는 내 오빠와 여동생 역시 그렇게 생각했다. 언젠가는 저들이 결혼할 것이다, 그렇게 믿고 있었다. 철수도 나도 그것에 대해 얘기해본 적이 없고 별로 그럴 필요를 느끼지도 못했다. 하지만 아마도 더 많은 시간이 지나면, 철수가 더 자라고 나이를 먹고 어른이 되고 흰머리가 생기고 시간에 지치면, 그리고 나도 입술이 처지고 황폐해지고 어디를 보아도 예쁘거나 애교 있는 미소를 찾아볼 수 없는 나이가 된다면, 그때 우리는 정말로 결혼할지도 몰랐다. 이건 나만의 느낌이었다.

"이번 휴가가 끝나면 연천에 있는 5사단에서 근무하게 될 거야. 이 개월이야. 그러면 군복무는 이제 끝이야."

"너, 별로 고생하고 있는 것 같지는 않아."
"그래도 군대는 군대야. 그런 불평이 설득력은 없겠지만."
"전역을 하고 나면 뭐 할 거니?"
"뭐 당분간은 실업자겠지."

나는 책장 앞에 서 있었고 철수는 커튼이 쳐진 창가에 서 있었다. 철수의 두 팔은 제자리를 찾지 못한 채 엉거주춤하게 벽에 기대져 있었다. 어색하게 시간이 흘렀다. 철수는 나에게 가까이 다가와 한 팔로 나를 안았다. 숨이 막힐 듯한 침묵이었다. 그다음에는 무엇이 있지? 둘 다 그것을 모르고 있었다. 철수를 알고 지낸 내내 한 번도 이런 일은 없었다. 군대라는 곳에 있는 남자아이를 어떻게 위로해주어야 하나, 남자아이가 원하는 것은 과연 정확히 무엇일까.

"뭘 원하니?"

나는 참지 못하고 철수에게 물었다.

"너랑 자고 싶어."

철수가 짧게 대답했다.

"왜?"

"군대에서 네 꿈을 꾸었어."

"나 시간이 별로 없어."

"그다지 오래 걸리지는 않을 거야."

"해봤니?"

철수는 이번에는 말없이 웃기만 했다. 철수의 몸은 열이 있는 듯이 까칠하고 뜨거웠다. 여자의 몸이 닿는 것만으로도 철수는 흥분하고 있는 듯했다. 내 스커트 아래로 스타킹과 속옷을 내리고 삼 초 정도 지났을 때 철수는 참지 못하겠다고 말했다.

"안에 넣어도 되겠니?"

철수의 방 안은 바람 한 점 없이 고요하고 공기는 젤리처럼 고정되어 있었다. 욕실의 물방울이 떨어지는 소리가 비현실적으로 크게 들려왔다. 우리는 본능적으로 소리내지 않으려고 애썼다. 나는 고개를 끄덕였다. 그리고 덧붙였다.

"하지만 안에다가 하면 안 돼. 알지?"

"알아."

특별히 위험한 기간이어서 그런 것은 아니다. 하지만 남자아이가 너무 이기적으로 고집을 부릴 때 언제나 하는 말이다. 백 퍼센트 너 마음대로는 하지 말아.

철수는 세번째쯤에 성공해서 몸 안으로 들어왔지만 너무 빨리 사정하고 말았다. 아마 영문도 모르는 채 끝나고 말았을 것이다. 안에다가 하면 안 된다는 약속은 지켜지지 못했다. 우리는 휴지를 가져와 더러워진 내 스커트와 바닥을 닦고 옷을 입었다. 철수의 말대로 그다지 오래 걸린 것은 아니었다. 우리는 각기 다른 방향을 바라보면서 서로 떨어져 앉았다.

이런 것이 뭐 그렇게까지 하고 싶었을까. 남자아이들은 전부 너무나 이상하다.

철수와는 그때까지 극장에서 손을 잡아본 적도 없었다. 그래서 그 순간에도 나는 철수의 몸이 닿는 것이 불편했다.

"철수, 레코드 껐니?"

아까부터 거실에서 무언가 희미한 소리가 들려오는 듯해서 나는 철수에게 물었다. 철수가 내 안에 있었던 아주 짧은 시간 동안 방문이 살짝 열렸다가 금방 닫히는 것이 등 뒤로 느껴졌었다. 하지만 나는 굳이 철수에게 말하지 않았다. 거실에 누군가가 분명히 있었다. 철수는 마치 할 일이 생겨 다행이라는 듯이 잘 모르겠는데, 하면서 일어섰다. 우리가 거실로 나갔을 때 거기 철수의 어머니가 우리가 마신 커피잔을 치우고 있었다. 철수는 당황하고 놀라서 얼굴이 벌게졌다. 그때까지 철수는 바지 지퍼도 다 올리지 않고 있었다.

"엄마, 밤늦게 오신다고 했잖아요."

"그러려고 했는데 결혼식도 빨리 끝나고, 사람들도 별로 없고 해서. 누구, 친구냐?"

분명히 방 안을 훔쳐보았을 테지만 철수의 어머니는 내 얼굴을 보면서 시침을 떼고 물었다. 철수의 어머니는 철수와 하나도 닮지가 않았다. 그런 상황만 아니었다면 나는 절대로 그녀가 철수의 어머니라고 생각하지 못했을 것이다. 철수의 어머니는 너무 살이 쪘고 턱은 이중턱이었으며 머리칼은 철사처럼 꼬불꼬불 말려 있었다. 얼굴은 금방 크림을 바른 듯이 번들거렸다. 벽돌색으로 칠해진 입술은 두껍고 투박했고, 애써 억누르고 있는 호기심을 어쩌지 못해 양 끝이 심술궂게 처져 있었다. 피부가 깨끗하고 어느 정도는 차가워 보이기까지 하는 철수에게서는 도저히 연상할 수 없는 어머니의 모습이었다. 그녀는 나에게 미소를 지었다.

"이런, 여자친구가 왔군. 그래서 내가 오는 것도 몰랐니?"

"방에서 책을 구경하고 있었어요."

철수는 엉뚱한 대답을 했다. 철수의 어머니는 과일을 먹고 가라고 나에게 권했다. 나는 이제 곧 가봐야 한다고 대답했지만 철수의 어머니는 막무가내였다. 할 수 없이 나는 소파에 앉아 바나나와 사과와 오래되어 눅눅해진 쿠키를 먹었다. 철수는 말이 없었고 철수의 어머니는 날카로운 눈으로 나를 머리끝에서 발끝까지 관찰하고 있었다.

"우리 철수와 동갑인가요?"

"엄마, 애는 나보다 두 살 어려요."

철수가 대답을 가로채자 철수의 어머니는 철수를 노려보았다.

"내가 지금 너에게 묻고 있는 거니?"

그리고 철수의 어머니는 나에게 여러 가지를 물었다. 어느 대학을 다녔는가, 부모님은 계시는가, 형제가 어떻게 되나, 대학에서는 무엇을 전공했는가, 몸은 건강한가, 운전면허증이나 교사자격증이 있는가, 직장은 어디를 다니는가, 월급은 얼마나 되는가 등등. 무례할 정도였다.

"엄마, 너무 많이 묻는 것 아녜요? 처음 만났는데."

철수가 다시 한번 참견했다.

"오빠는 뭘 하지요? 나이 차이가 많이 난다고 했지?"

그러나 철수의 어머니는 철수를 무시하고 나에게 계속해서 말을 걸었다.

"일본으로 일하러 가려고 준비 중이에요."

나는 될 대로 되라는 기분으로 말해버렸다. 아르바이트하러 갈 시간은 이미 지나고 있었다.

"오, 그래요? 일본으로 일하러 간다니, 컴퓨터나 예술 계통의 일인가보지?"

"아녜요. 청소용역회사에 취직하러 가는 거예요."

"청소용역회사라니."

철수의 어머니는 얼굴색이 조금 바뀌더니 입을 다물었다. 나는 이제 떠나야겠다고 생각했다.

"저, 이제 전 가봐야겠어요. 아르바이트하러 가야 하거든요."

"아니 왜, 벌써 간단 말야? 나 때문에 빨리 일어서는 건 아니지? 난 괜찮은데. 나는 신경쓰지 말고 너희들끼리 얘기하고 놀

철수

아. 난 정말 아무렇지도 않으니까."

"엄마, 애는 정말 가봐야 된다구요. 일곱시까지는 가봐야 돼요."

"애는, 내가 언제 뭐라고 했니? 근데 아버님은 뭐 하시지요?"

철수의 어머니는 현관으로 나를 배웅하면서 처음부터 정말 그녀가 궁금해서 미칠 것 같았던 것을 물었다. 철수가 얼굴이 새빨개져서 어머니에게 쏘아붙이듯이 말했다.

"공무원이에요, 공무원. 아버지는 대학 어디 나왔니, 월급이 얼마니, 차는 뭘 타시니, 농구화는 얼마짜리 신으시니, 그런 것까지 물어보시려고요?"

철수의 어머니는 뭐 그런 교양 없는 질문이 다 있냐는 듯이 아연한 표정을 지어 보였다. 나의 아버지가 한때 시청의 공무원으로 일했던 것은 사실이었다. 하지만 지금은 아니다. 철수는 그것까지는 설명하지 않았다. 집 밖으로 나오자마자 철수와 나는 버스 정류장으로 정신없이 뛰어갔다. 마침 내가 타야 할 버스가 떠나려는 참이었다. 철수는 정신없이 손을 흔들었고 나는 이마에서 땀이 날 정도로 뛰었다. 간신히 버스에 올라탔을 때는 숨이 막혀와서 철수에게 안녕, 이라는 말조차 할 수가 없었다. 철수가 창밖에서 손을 흔들며 소리쳤다.
"다음 달에 부대로 면회 와줄 거니?"
나는 고개를 끄덕였다.

지금 내 입술과 손바닥을 가만히 만져보면 묘하게 차갑고 싸늘하며 나 자신에게도 느껴지는 한없는 거리감이 있다. 언제인가 나는 이런 말을 들었다.
'너는 너무 차가워 절망감에 몸이 떨릴 지경이다. 너의 입술은 처음부터 끝까지 달아오르지 않고 너의 몸은 미끈거리는 얼음 같아. 너는 이 세상에 태어나 한 번도 감동을 느낀 적이 없는 늑대소녀의 눈동자를 갖고 있어. 너의 심장에 귀를 가까이 가져가보면 텅 빈 허공에 바람소리만 들리는 것 같아.'

철수

    불이 온통 꺼진 빈집은 빗물이 새고 있다. 주방과 현관에서 벽을 타고 빗물이 폭포처럼 흘러내리고 있다. 날 태워봐. 기름을 붓고 내 몸에 불을 붙여봐. 마녀처럼 날 화형시켜봐. 쓰레기봉지에 날 넣어서 소각로 속으로 집어던져봐. 나는 다이옥신이 되어 너의 폐 속으로 들어간다. 내 얼굴을 면도칼로 가볍게 긋고 스며나오는 피를 빨아봐. 고양이처럼 그 맛을 즐겨봐. 나는 피투성이가 되고 싶어. 내 안에 있는 나는 무엇인지, 어떤 추악한 것인지 한 번도 만나보지 못한 채 이 세상을 떠나게 되는 것이 두려워 나는 마지막에 비명을 지르면서 눈물을 흘리겠지. 그런데 그때 조용하게 비를 맞으며 무너져가는 빈집의 창가를 무생물의 풍경처럼 지나가고 있는 또 다른 나. 너는 어디에서 한평생 살고 있었나. 너는 어디에서 노래를 부르고 마루에서 고양이를 잠재우며 흡혈식물 같은 입술을 닫고 지나가는 아침노을과 여름 오후의 비를 맞으면서 시간의 여울을 떠다니고 있었나. 이제 어디에도 없을 나, 재가 되어 사라지고 어둠이 되어 부패할 나, 그런 내가 내 인생을 온통 방치하고 유기한 채 이 추락의 마지막에서 누추한 손을 내민다. 사실은, 나는 내가 아니었다. 짐승의 몸을 가지고 태어나 가난과 모욕의 노예가 되어 살아갔던 나는 잠시 악령에 유혹되어 나를 떠나온 허공이었을 뿐이다. 멀리 있는 나는 귀하고 아름답다. 그리하여 내 몸은 타락하고 또 타락해도 백 년에 한 번 꽃 피는 사막의 난초처럼 또 다른 나는 생에 대한 불감不感으로 너에게 다가간다.

'네가 가진 것은 내 허공뿐이야.'

나는 남자에게 말한다.

'그럼 너는 어디에 있나? 내가 지금 씹어먹고 있는 너라는 피 흘리는 존재는?'

'보이지 않았니? 나는 지금 저 창밖을 지나서 알 수 없는 곳으로 갔어. 일생 동안 내가 나를 만난 것은 이번이 처음이고 마지막이야. 아, 물을 줘. 땀이 온몸에서 비처럼 흘러내리는군. 너 이제 앞으로 백 년 동안 나를 잊겠지. 목소리를 이 집에 남겨

철수

줘. 백 년 뒤에 이 집을 찾아온 내가 문을 연 순간 박쥐떼와 함께 너의 목소리를 만날 수 있게.'
 '나는 내 목소리를 무덤으로 가지고 가겠어. 이런 곳에 방치하지 않을 거야. 내 피는 유랑이 아니야.'
 '뱀이 되어 너의 무덤을 찾아가겠어.'
 '너는 천해. 왕족의 무덤에 침입할 수가 없어.'
 비는 백 년 동안 그래온 것처럼 온 세상을 점령한 채 내리고 있다. 시간의 죽음 이후에도 비는 내리리라. 반쯤 무너져내린 낡은 지붕과 깨어진 유리와 빗물이 흐르는 주방과 더러운 마루와 짚이 비어져나온 채 죽어 있는 헝겊인형과 고양이 발자국투성이인 삐걱거리는 나무계단. 오, 온갖 처절한 것들 위에서 우리 불감不感한 관계.

 철수의 어머니가 전화를 해왔을 때 나는 믿기 어려웠다. 난 대학의 사무실에 있었다.

"누구시라구요?"

"난 철수의 어머니예요오."

교양 있는 목소리를 내려고 살찐 목을 길게 빼고 있는 그녀의 모습이 보이는 듯했다.

"아, 네에. 안녕하세요."

"일전에 집에 놀러 와서 저녁도 못 먹고 그냥 가버려서 어떡해."

"그땐 아르바이트 때문이었는걸요."

"그땐 바빠서 못 물어봤는데 무슨 아르바이트를 하나요? 철수 걔는 도대체 붙임성이 없어. 대꾸를 해줘야 말이지. 휴가라고 나와서 매일 밤늦게나 다니고. 아들아이들은 딸들처럼 사근한 맛이 없어요."

"그냥 아르바이트예요."

"애들 가르치나?"

"그런 건 아닌데."

철수

"그럼 뭘까."
"식당에서 일해요."
도저히 포기하지 않는 그녀의 집요함에 질려 나는 한숨을 쉬었다.
"아이구, 저런."
그녀는 잠시 말이 없더니 내가 어떤 방법으로 이 전화를 끊을까 궁리하기도 전에 말을 이어갔다.
"왜 대학도 나왔다면서. 애들 가르치는 일이나 하지 그래요. 그게 더 낫지. 우리 딸애는, 철수 동생 말이야. 그애는 아직 대학생인데 고등학생 수학을 가르쳐요. 딸애가 수학을 좀 잘했거든. 방학 때만 하고 그만하려고 했는데 그 고등학생 엄마가 얼마나 조르는지, 계속해달라고. 우리 딸애처럼 똑소리 나게 가르치는 선생님을 본 적이 없다고 하면서. 그 집은 부장판사 집안인데도 애들이 공부가 떨어져서 아주 걱정이 많대요. 그래서 연결이 된 거지. 어느 정도는 믿을 만하다 싶기도 하고."

"아주머니."

점점 부풀어가는 그녀의 말을 더 들어줄 수가 없어 나는 실례가 되더라도 전화를 끊어야겠다고 생각했다. 아마 견딜 수 없이 화가 나기도 했을 것이다.

"저 지금 좀 바쁘거든요. 그러니 이만."

"어머나, 내 정신 좀 봐."

그녀는 미안한 척했다.

"사실은 우리 철수가 그러는데 면회 가기로 했다면서요?"

"네."

"이번 주말에 갈 건가요?"

"글쎄, 아직은 정확한 날짜까지는 생각하지 못했는데요."

"아유, 철수가 분명히 그러던데 이번 주말에 면회를 오기로 했다고. 그래서 내가 철수 먹을 것을 좀 준비하려고 하는데."

"부대에서는 밥을 안 주나요?"

아마 내 목소리는 퉁명스러웠을 것이다. 그럴수록 철수 어

철수

머니의 목소리는 기름칠을 한 듯이 미끈거렸다.

"그래도 엄마가 해주는 음식이랑 같은가, 안 그래? 그것도 군대라고 고생하고 있을 텐데."

"육 개월인데요, 뭐."

철수의 어머니가 면회를 같이 가자고 한다면 나는 결단코 거절할 터였다. 내가 그 모든 수모와 불편을 견디어내면서 만나러 가야 할 얼굴, 분명한 약속에도 불구하고 철수는 그 얼굴은 아니었다.

"주말에 면회를 간다면 집에 들렀다가 가주겠어요? 내가 닭요리를 좀 하려는데, 아주 조금이에요. 부담 안 될 거예요. 그러면 면회 가서 둘이서 사이좋게 먹을 수 있고, 좋잖아요."

"닭요리를 들고 가라고 하셨나요?"

나는 비명처럼 놀랐다. 처음 가보는 의정부라는 곳을 지나 버스를 몇 번이나 갈아타면서 들어보지도 못한 연천이란 곳으로 가서 이상한 숫자를 가진 부대 앞까지 찾아가야 하는데, 거기다가 피난민처럼 다 식어빠진 닭을 짐짝으로 이고 가야 하다니, 이건 너무했다.
"나도 한번 가봤으면 하는데."
이 부분에서 그녀의 목소리는 좀 풀이 죽었다.
"철수가 그러더군요. 엄마는 오지 말라고. 다들 여자친구가 오는데 자기만 엄마가 나타나면 창피하다고."
"그랬나요."
"그래서 아들에게 좋아하던 닭을 먹이고 싶으니까, 힘들더라도 좀 해주세요. 그래도 철수가 여자친구 불편할까봐 내가 못 가게 못을 박아놨잖아."
마지막에 그녀는 웃었다. 철수의 방문 틈으로 쥐처럼 번득이던 그녀의 눈동자가 생각났다. 다시는 그녀의 얼굴을 보고 싶지 않았지만 한 번뿐인데 뭐, 다시는 만나지 않을 거야, 생각하면서 나는 결국 승낙하고 말았다.

철수

　주말에는 범죄사회학의 마지막 강의가 있었다. 나는 철수를 만나러 가기 위해 하루 휴가를 냈다. 그래서 마지막까지 범죄사회학 강의를 들을 기회를 얻지 못하고 말았다. 토요일 오후 강의를 들으러 가는 것은 어쩌면 데이트가 될지도 몰랐다. 강사는 저 먼 곳 교단에 있고 나는 계단식 강당의 가장 뒤편 어두운 곳에 앉아 연필을 씹으면서 가정폭력에 관한 강사의 말을 듣는다. 너무나 멀어 강사의 얼굴이나 표정은 보이지 않는다.
　'가정 내 폭력에 대해 우리는 많은 일반화된 오류의 상식을 가지고 있다. 교육 정도가 낮거나 경제적으로 하층에 속하는 집단에서 발생빈도가 높다고 생각하는 것이 그 대표적인 예다. 그리고 표면적으로 나타난 가정의 화목도가 가정폭력과 반비례할 것이라고 생각하는 것, 자녀에게 가해지는 폭력의 경우 부모 중 대상 아동과 친밀도가 덜한 사람이 폭력의 가해자일 것으로 생각하는 것, 폭력이 존재하는 가정은 사회적으로 문제시되는 결손, 알코올중독, 전과 등의 부적응의 경우와 반드시

결부된다고 생각하는 것, 그런 점들이 대표적인 오류이다. 다른 사회조직들과 마찬가지로 가정이 원시적인 친족 공동체의 생래적인 특징보다 복잡하고 다양한 변수들의 영향을 받는 현대로 옮겨올수록 가정 내 폭력과 상관관계를 이루는 유발요인, 유인요인, 통제요인 들의 상호작용이 심층화·다양화되어서 선명한 단언을 찾아내기란 쉽지 않다는 것이 여러 케이스 스터디에서 보여진다.'

강의는 세 시간 동안 쉬지 않고 계속된다. 마지막으로 과제물을 제출하는 것으로 강의가 끝난다. 정식 수강생이 아닌 나는 노트를 찢어 범죄사회학 강사에게 보내는 메모를 써서 그것을 제출한다.

'오늘 선생님의 강의를 들었습니다. 선생님은 제가 온다는 걸 모르셨겠죠. 언제나 시간이 없다고 했으니까요. 강의는 사실 잘 모르겠습니다. 저는 한 번도 사회학 강의를 들어본 적도 없고 비슷한 공부를 해본 적도 없으니까 생소한 것이 당연하

철수

겠죠. 그리고 고백하자면 그다지 성적이 좋은 학생도 아니었습니다. 선생님은 학기가 시작할 즈음 이른 가을날 저를 보았다고 하셨죠? 개강을 기념하는 사무실의 간단한 오프닝 티파티 때였을 거예요. 외부 강사들의 얼굴을 잘 모르는 저는 선생님이 기억나지 않아요. 이곳에서 일한 지 일 년이 채 안 되거든요. 아마 곧 다른 곳으로 직장을 옮기게 될 것 같습니다. 정식 직원이 아니고 일 년 계약의 임시 직원일 뿐이니까요. 선생님은 다음 학기에도 범죄사회학을 가르치게 될지도 모르지만 학교에서 다시 만날 일은 없을 것 같군요. 다음 주부터는 기말시험이고 곧 방학이 됩니다. 겨울이군요. 겨울이 되면 그리운 것이 많습니다. 따뜻한 집, 따뜻한 담요, 울 스웨터, 가볍고 부드러운 코트—이건 너무 비싸요, 어려울 때 건네주는 다정한 말 한마디. 더러운 도시에 내리는 하얀 눈, 눈이 내린 밤 숨죽인 듯이 조용한 거리의 한가운데에 연극처럼 자리잡은 공중전화 부스에 들어가 바로 그 순간 전화할 수 있는 은밀한 전화번호

하나, 눈이 너무나 내려 교통이 통제돼 영원히 오지 않는 버스를 기다리면서 끝없이 반복해서 듣는 〈Stairway to Heaven〉. 선생님의 마지막 강의를 들으며 마지막이 될 편지를 쓰고 있으니 이상한 기분이 듭니다. 어쨌든 우리는 인식 속에서는 한 번도 만난 일이 없으니까요. 아마 오랜 시간이 흘러 우연히 지하철이나 누군가의 장례식이나 고속도로 휴게소에서 만나게 되더라도 우리는 서로 알아보지 못하겠죠. 그럴 만하니까요. 아, 어쩌면 '인간 띠 잇기' 모임 같은 곳에서 만나게 될지도 모르겠군요. 이 지구 위 모든 대인간병기의 폐기를 위한 인간 띠 잇기 모임.

저는 모든 살상 무기를 지니기를 거부하는 워치타워협회의 회원은 아닙니다만—아마 선생님도 아닐 거라고 믿습니다, 그런 모임에서 편지를 받으면 가벼운 약속 정도는 취소하고 나갈 겁니다—선생님도 그럴 거라고 생각해요. 수많은 사람들이 가벼운 약속을 취소하고 혼자 아니면 가족과 함께 나옵니다. 너무 많은 사람들이 모여 있어서 선생님과 내가 어깨를 스쳐 지나간다고 해도 당장은 알 수 없겠죠. 한 도시의 끝에서 끝으로 사람들이 손에 손을 잡고 인간 띠를 연결합니다. 인간은 생의 어느 일순간은 완벽하게 순수해질 수 있습니다. 왕족이나 인텔리 계층이나 중산층이나 노동자나 하류층이거나. 많은 사람들에게 그 순간이 바로 이런 때가 아닐까요. 아마 서로 손을 잡게 되겠죠. 체온과 피를 통해서 기억이 살아날지도 모릅니다. 그때에.

그러나 지금은 그런 순간이 아니군요. 지금은 너무나 아무것도 아닙니다.'

집에 돌아와 빵을 찾기 위해 부엌 찬장 문을 여니 거기 술병이 있었다. 어머니가 또 술을 마시기 시작한 모양이었다. 나는 화를 낼까 하다가 그만두었다. 너무나 피곤했다. 어머니가 술을 마시는 것은 어머니의 자유의지이고 술냄새를 고약하게 풍기면서 듣기 역겨운 주정을 하는 것도 어머니의 자유의지였다.

가끔, 아주 가끔 있는 일일 뿐이니 조금만 참으면 된다. 어머니는 자기 몸에서 얼마나 고약한 냄새가 나는지, 간이 망가져 누렇게 뜬 흰자위가 얼마나 흉측한지 전혀 신경쓰지 않는 듯했다. 어머니는 기억도 나지 않을 옛날 '미스 캄비손'으로 뽑혔었다. 해녀들이 입는 것 같은 수영복을 입고 만들어 붙인 인조 속눈썹을 한껏 치켜들고 무대에 섰던 적도 있었다. 하지만 지금 볼에 베개 자국을 빨갛게 하고 더러워질 대로 더러워진 누더기 잠옷을 걸치고 내가 있는 부엌 쪽을 힐끔거리고 서 있는 어머니에게서 그런 사실을 상기한다는 것은 우습기까지 하다.

"뭘 봐?"

나는 어머니의 시선이 지겨워져 빵을 구우면서 짜증을 냈다. 하루 종일 집에 있었을 텐데 저녁밥 정도는 해놓을 수도 있었잖아. 오빠는 부엌에 들어서면 큰일나는 줄 아는 남자이고 여동생은 학교에서 친구들과 함께 라면을 사 먹었을 것이다. 오빠는 밥이 없으면 아무 말 없이 주름진 입가에 미소를 짓고

굶어버렸다.

"저녁밥이 없으니 오빠는 또 굶었겠네."

"네 오빠 일 때문에 낮에 병원에 갔다 오느라고."

어머니는 립스틱을 바른 입술에 뭉개지는 듯한 억지 미소를 지었다. 어머니는 술을 마시기 전까지는 병원에서 간병인으로 일했다. 말로 다 할 수 없을 만큼 힘든 일이었다. 너무나 힘들어서 피로 이어진 환자의 가족들조차 해줄 수 없는 일이었다. 어머니가 그 일을 하는 것에 대해 오빠는 언제나 지독한 죄의식을 가지고 있어서, 술 때문에 그 일자리를 잃게 되었을 때 도리어 잘된 일이라고 했다.

"오빠 일이 뭔데."

"일본으로 가는 데 돈이 더 필요하다고 하는구나. 무슨 수속이 그리 복잡한지. 일거리가 있나 알아보러 갔었어."

"그렇게 술을 마셔대는데 무슨 일자리가 있겠어."

"나 술 안 마셨다. 끊었다고 했잖니, 분명히."

어머니는 눈동자를 불안하게 굴리면서 항의했다.

"요새는 사람이 모자란다고 내일부터 나와보라고 하더구나. 하지만 선금을 받아도 모자라는데."

"얼마나 더 필요하대?"

"백만원."

어머니는 한숨을 쉬었다.

"지금까지 낸 돈도 모자라대?"

"어쩌니. 그애는 대학도 못 나왔고 기술도 없고 부모가 아무 힘이 없어 장사 밑천도 못 대주니. 일본에 가서 돈을 벌 수 있다는데 기회가 왔는데도 어쩌지 못하는구나. 어디 빌릴 데도 없고."

"나나 미아에 대해서는 그 비슷한 걱정이라도 해봤어?"

"너는 대학을 나왔잖니."

어머니는 분개했다.

"생활비 좀 댄다고 유세하지 말아라. 쥐꼬리만한 월급, 입에

철수

풀칠하기도 어려운데 다른 애들은 은행이다 증권회사다 들어가서 돈도 잘 벌어다준다는데, 너는 그애들 반밖에 벌지 못하면서 언제나 피곤하다 피곤하다 눈치보게 만들고. 너, 내 돈을 갚아. 자식 키우는 데 돈이 얼마나 들어가는지 아니. 너 그 돈 다 갚기 전에는 이 집에서 빠져나갈 궁리 하지 말아. 아직도 멀었어."

어머니라는 여자가 입을 커다랗게 벌리자 역시나 술냄새가 풍겼다. 나는 빵을 먹다 말고 부엌을 나와 방으로 돌아갔다. 내가 쓰는 방을 세놓거나 하숙을 치면 돈이 될지도 모른다. 나는 문득 그런 생각을 했다. 하지만 집은 너무나 낡고 더러워 도저히 세입자를 구할 수 없을 정도였다. 어머니가 부엌에서 계속 외쳤다.

"나도 내가 이렇게 살 줄 몰랐다. 나는 뭐 너하고 달랐는 줄 아니? 그래도 어쩔 수 없어. 나이들고 돈이 없으니. 너도 그대로 될 거야. 지금 나를 잘 기억해둬라. 너도 나와 똑같이 될 거야. 절대로, 절대로 다를 수 없어!"

어머니의 외침이 사라진 후 부엌의 찬장 문이 열리고 술을 따르는 소리가 들렸다. 어머니는 벌컥벌컥 마신다. 고요한 몇 분이 지난 후 여동생 미아의 방에서 울음소리가 들려온다. 어린 여동생이 울고 있었다.

주말 아침 나는 일찍 일어나 철수의 집으로 갔다. 아침은 흐렸고 오후가 되면 더욱 흐려질 것이라는 기상예보가 있었다. 흐린 만큼 추웠고 뼛속 깊이 차가운 습기가 스며들고 있었다. 나와 여동생은 하나의 겨울코트를 갖고 있었다. 내 여동생은 나보다 여리고 연약했다. 그래서 겨울 아침이면 나는 별로 춥지 않아, 미아가 코트를 입고 가렴, 하고 말하곤 했다. 그날도 난 분홍빛 스웨터를 입고 집을 나섰다. 철수의 어머니는 알루미늄 도시락에 닭을 담아 종이봉지에 넣어 나에게 주었다. 처음에는 따뜻했지만 곧 식어서 돌덩이처럼 딱딱해질 것이다. 나는 얼굴이 찡그려지는 것을 숨길 수 없었다. 철수의 가족들은 아침 식탁에 둘러앉아 있었다. 나는 아침을 먹었다고 말하며 같이 식사하자는 것을 거절했다. 철수의 아버지가 식사기도를 올렸다. 기도를 하는 철수의 가족들은 경건하고 교양 있어 보였다. 나와 알고 지내는 내내 철수도 이런 아침 식탁에 있었구나 생각하니 몸이 비비 틀리는 듯 어색해졌다.

"이애가 철수의 여자친구고 오늘 철수에게 면회 간다고 했던 아이예요."

그렇게 철수의 어머니가 나를 소개하자 그들은 밥을 먹다 말고 나를 뚫어져라 쳐다보았다.

"여자친구라구요? 오빠가 그런 얘기 한 번도 안 하던데."

철수의 여동생이 보풀이 일어난 내 낡은 스웨터를 빤히 쳐다보면서 말했다. 그리고 심술궂게 덧붙였다.

"오빠는 나에게 뭐든지 다 말하거든요."

"뭐 그런 것까지 말하겠니? 하여튼 이 언니는 오빠의 여자친구니까 앞으로도 사이좋게 지내."

딸에게 말하는 철수 어머니의 목소리는 엄격했다.

내가 떠난 다음에 그들은 계속해서 밥을 먹으면서 나에 대해 말했을 것이다. 그 언니, 옷이 왜 그렇게 촌스러워? 어느 학교 나왔대? 그렇게 여동생은 물을 것이고, 아버지는 뭐 하는 사람이며 종교를 가지고 있는가, 어느 대학을 나왔느냐고 철수의 아버지는 물을 것이다. 철수의 어머니는 엄숙한 목소리로 옷차림은 단정하면 됐지 초라하다고 사람을 비하하는 것은 올바른 인간이 아니라고 딸에게 훈계했을 것이다. 그리고 딸이 없는 자리에서 철수와 내가 빈집의 방에서 무엇을 했는지 남편에게 얘기할지도 몰랐다. 우리는 철수에게 적절한 훈계를 할 시간을 가져야겠어요. 이런 얘기는 감정 섞지 말고 객관적인 태도를 유지해야 하는데. 그애는 이미 성인이에요. 자기 라이프 스타일을 스스로 통제하고 관리해야 한다구요. 당신이 좀 말해보는 게 어때요? 난 올바른 해답을 찾을 때까지는 모른 척

철수

하기로 했어요. 철수의 아버지는 그 여자애가 철수의 장래에 족쇄나 장애물이 되지는 않을까 잠깐 고전적인 걱정을 할지도 몰랐다.

부대로 가는 길은 멀었다. 버스를 타고 전철을 타고 의정부에 도착해 다시 시외버스를 타고 나는 멀리 멀리 갔다. 겨울이 시작되는 의정부의 길은 황량하고 건조했다. 추위가 빨리 찾아와 길은 얼어붙었다. 쓸쓸한 음식점들과 부대 근처의 수상한 술집들. 이상하게 몸에 끼는 옷을 입은 푸른 눈화장의 여자들. 로즈가든이라는 이름의 빛바랜 기와를 얹은 음식점이 길의 끝에 스산하게 자리잡고 있었다. 완전한 회색빛의 거리. 늙고 더러워진 거리. 로즈가든의 어디에도 장미 같은 것은 보이지 않았다. 시외버스 안에서 손톱의 매니큐어가 다 벗겨진 늙은 여자가 내가 내려야 할 곳을 가르쳐줄 때까지 코트도 없이 길을 나선 나는 빈 겨울 논의 허수아비처럼 얼어붙어 있었다. 내가 아무것도 없는 들판의 부대 앞에 내렸을 때 종이봉지에 담긴 철수의 닭은 식어버렸고 버스는 떠났다. 면회를 온 여자는 나뿐이 아니었다. 주말이었다.

"누구를 면회 왔습니까?"

면회실 안에는 면회 온 여자들이 가득 있었다. 검은 볼펜으로 내 이름과 주민등록번호를 눌러쓰던 군인이 물었다.

"김철수."

나는 짧게 대답했다. 군인이 고개를 번쩍 들어 날 보았다.

"김철수씨는 오늘 여기 없습니다. 훈련을 나가 있습니다."

"그럴 리가, 오늘 면회 오라고 했는데요."

"갑자기 훈련을 나가게 된 거라서요. 아, 하지만 여기서 그다지 멀지 않으니 제가 가르쳐드리겠습니다. 찾아가보시겠습니까?"

"네."

"여기서 한 사 킬로미터 정도 떨어진 곳입니다. 버스를 타시면 금방입니다. 걸어가셔도 됩니다. 여기서 서는 버스는 아무

철수

거나 타도 되고요. 낚시터 앞에서 내리시면 부대 본부로 가는 길이 표지판에 나와 있으니 그 길만 따라가시면 훈련장이 나옵니다. 아주 쉽습니다. 거기서 찾으시면 됩니다."

불려나온 군인들이 신고를 마친 다음 여자친구나 어머니나 여동생을 만나고 있었다. 따뜻한 면회실에서 나와 다시 또 찬바람 부는 길거리로 나가야 한다는 것이 죽기보다 싫었지만 어쩔 수 없었다. 닭이 든 종이봉지를 들고 버스 정류장으로 나왔다. 버스가 올 때까지 나는 발을 동동 구르며 서 있었다. 다행히 버스는 오래지 않아 왔다. 나는 출입문 가까운 자리에 앉았다. 낚시터 앞이라고 했지. 나는 기억하려 애썼다. 낚시터 앞. 창밖 풍경은 지금까지와는 아주 달랐다. 논과 밭과—나는 그 두 가지를 잘 구별할 수는 없었다—축사와 빈집들이 미친 듯이 빠르게 소용돌이치면서 흘러갔다. 같은 부분이 반복되는 잘못된 필름처럼 구별할 수 없는 풍경이었다. 더러운 옷을 입은 어린아이가 집 앞 길에 나와앉아 입을 커다랗게 벌리고 울고 있었다. 버스가 여러 번 모퉁이를 돌아 산길을 넘은 뒤에도 여전히 같은 집 앞에서 같은 어린아이가 울고 있는 것을 나는 보았다. 그 아이는 아까의 그 아이와 같은 아이인가. 나는 고개를 돌려 기억을 되살리려고 애썼다. 같은 빈집과 논과 밭과 축사와 정류장이 반복되어 지나갔다. 시간이 얼마나 흘렀을까. 몇 시간이 지났을 수도 있고 오 분 정도가 지난 것도 같았다. 이 버스는 같은 마을을 돌고 돌기만 하는 것인가. 하늘은 이른 아침과 다름없이 흐리고, 금방이라도 눈이 쏟아질 것만 같이 무겁고 암담했다. 그리고 온 세상을 차갑게 지배하고 있는 이 불길한 겨울의 정전기. 아무리 기다려도 낚시터 앞이라는 안내방송은 나오지 않았다.

"저어, 낚시터 앞에서 내리려고 하는데 아직도 멀었나요?"

나는 운전사에게 물어보았다.

"낚시터라니, 이 버스는 그곳에 가지 않아요."

운전사가 대답했다.

철수

"그러면 어디서 내려야 하나요?"

"거기 가려면 이번에 내려서 길을 건너 다른 버스를 타야 해요. 한참은 가야 할걸."

분명히 아무 버스나 타면 된다고 했는데. 하지만 어쩔 수 없지. 나는 버스에서 내려 아무도 없는 스산한 버스 정류장에 앉아 다른 버스가 오기를 기다렸다. 이미 한참 전부터 면회 오는 게 아니었어, 후회하고 있었다. 송아지만큼 큰 개가 붉은 살덩어리 같은 것을 입에 물고 내 앞을 지나갔다. 붉은 살덩어리는 죽은 쥐처럼 보였다. 조금씩 눈이 떨어지기 시작했다. 내 머리칼과 낡은 스웨터 위로 눈이 엷게 쌓였다. 쥐를 물고 가던 개가 헐떡거리면서 공허한 눈을 나에게로 돌렸다. 나는 그 개가 내 손에 들려 있는 종이봉지 속의 닭을 노리고 있다고 생각했다. 그 개는 말하고 있는 듯했다.

닭다리 하나만 주면 안 잡아먹지.

버스 정류장 옆의 게시판에는 경찰서에서 범인을 찾는다는 안내문이 한 장 붙어 있을 뿐이었다. 흔한 영화 포스터나 나이트클럽 광고 포스터 하나 보이지 않았다. 나는 추위를 잊기 위해 경철서의 안내문을 소리내어 읽었다.

"범인을 찾습니다. 용의자는 헐렁한 긴 바지에 염색한 머리를 한 여자 한 명과 농구화를 신은 남자 두 명. 도시에서 온 건달들로 생각됨. 9월 3일 밤 열두시쯤 서울에 사는 김○○(남, 39세, 가명)은 의정부에 사는 여자친구를 만나 연천에 있는 로즈가든에서 삼겹살로 저녁을 먹고 여자친구 장○○(여, 27세, 가명)를 집에 바래다주는 길에 살해당한 채로 발견되었다. 김씨는 뒷머리를 둔기로 여러 번 얻어맞아 사망했으며 발견된 장소는 연천에서 재인폭포로 가는 도로변의 야산이고 발견된 시간은 9월 4일 아침 일곱시쯤. 같은 날 아침 아홉시쯤 장씨는 머리와 가슴에 자상을 입고 자취방에서 신음 중인 것을 집주인 이○○(여, 60세, 가명)씨가 발견해 병원으로 옮겼으나 같은 날 오후 두시 사망했다. 김씨가 로즈가든에서 장씨와 함께 타고 떠난 김씨의 차는 발견되지 않았다. 익명의 목격자들의 말에 따르면 김씨는 장씨와 함께 저녁을 먹은 뒤 장씨를 집에 데려다주겠다고 하며 로즈가든을 떠났고, 도시에서 온 히피 분위기의 낯선 젊은이들이 그의 차를 얻어타려다가 거절당하자 욕을 하며 어둠 속으로 사라졌다고 한다. 김씨 주변에는 특별한 원한관계가 발견되지 않았고 금전적인 이유로 다툼이 있었던 것도 아니며 치정살인이 될 만한 원인도 없다. 그래서 경찰은 이들 젊은이들을 유력한 용의자로 보고 수사하고 있다. 젊은이들은 여자 한 명과 남자 두 명으로, 이십대 초반에서 중반쯤. 말씨가 사납고 옷차림이 거칠며 여자는 머리칼을 포도줏빛으로 염색했다. 이들은 최근 며칠간 대광리와 의정부 등지의 야산과 유흥가에서 자주 발견되었다. 김씨의 차는 검은색 세이블. 이들 사건에 대해 알고 있는 사람이나 용의자를 본 적이 있는 사람들은 연천 경찰서로 연락해주기 바람."

내가 그 안내문을 다 읽을 때까지 개는 버스 정류장을 떠나지 않고 서성였다. 맙소사, 9월 3일이라니, 그러면 석 달도 더 전의 일이다. 이 마을에서는 이것이 아직도 해결되지 못한 사건일까, 아니면 그저 더이상 다른 일들이 일어나지 않아서 해결되었음에도 안내문을 제거하는 것을 잊은 것일까. 마침내 내가 개에게 닭을 주어버릴까 생각하고 있는 사이에 버스가 다가왔다.

낚시터 앞에 내리자 이번에는 정말로 부대 본부 앞이라는 안내판이 보였다. 안내판은 좁고 가파른 산길을 가리키고 있었다. 눈은 여전히 내리고 있었고 산길은 어두웠다. 버스 정류장 앞의 상점에서 나는 뜨거운 커피를 한잔 달라고 해서 몸을 녹였다. 열이 있는 듯했다. 어깨와 머리칼이 축축했다. 몸을 녹인 다음 나는 부대 본부로 가는 산길을 걸어올라갔다. 청바지를 입은 다리는 이미 감각이 없었다. 나는 내가 왜 이곳까지 왔는지, 철수는 나에게 무엇인지, 나에게 미래는 있는지 그런 것들에 대해 생각하기를 멈췄다. 지금 시간은 얼마나 되었을까.

철수

배가 고프고 현기증이 났다. 몹시 추웠지만 차가운 물을 마시고 싶기도 했다. 나는 길가에 앉아 아무 생각 없이 철수의 닭이 든 종이봉지를 열었다. 조금만 먹을 생각이었다. 하지만 알루미늄 도시락을 열었을 때 마치 시베리아에서 동사한 여자처럼 보이는 닭의 시체가 나오자마자 식욕은 사라졌다. 다행히 눈은 쌓이지 않고 엷게 땅에 내려앉아 이슬처럼 녹아버리고 있었다. 만일 눈이 녹지 않고 살아 있다면 그것은 날카로운 것이 되리라. 날카로운 것이 되어서 나를 찌르리라. 부대 본부 앞에 도착해서 나는 훈련 중인 김철수 소대장을 만나러 왔다고 말했다.
"아, 김철수 실습소대장을 말하는 겁니까?"
위병소의 군인은 친절했다.
"이 위쪽으로 가시면 불에 타버린 개활지가 있습니다. 그곳에 모두 있을 겁니다."
"먼가요?"
"아닙니다. 숲이 가려서 그렇지 금방입니다."

불에 타버린 개활지, 라고 그 군인은 표현했다. 그의 표현대로 숲 한가운데에는 검게 타버린 나무들 사이로 깊은 물웅덩이가 있고, 거기에 그들이 있었다. 그리고 불. 나뭇가지를 모아놓고 군인들이 모여 있었다. 구별할 수 없게 검고 반들거리는 얼굴들. 하지만 철수의 얼굴은 없었다. 아니 나는 철수의 얼굴을 눈앞에 두고도 철수를 알아보지 못하고 실망한 채 지나칠지도 몰랐다. 군인들의 얼굴은 그만큼 규격화되고 낯설었다. 나는 김철수씨를 찾는다고 말했다. 그들은 서로 얼굴을 바라보더니 고개를 저었다. 내 손에서 철수의 닭이 든 종이봉지가 툭 하고 떨어졌다. 나무가 없는 개활지 너머로 흰 벼랑이 보이고 까마귀가 어디선가 날카로운 소리로 울었다. 바람이 불어 나뭇가지 위에 엷은 레이스로 덮여 있던 눈들이 날렸다. 아직 죽지 않은 마지막 가을의 키 큰 풀들이 바람에 쓰러져갔다.

"이곳에 있다고 듣고 왔는데요."

불가에 모여 있는 군인들은 열 명쯤 되어 보였다. 그들은 아

철수

무도 입을 열지 않았다. 바람이 그들의 입을 얼어붙게 만들기라도 한 듯이. 군인들은 모두 영양실조에 걸린 것처럼 입술이 허옇게 터 있었다. 나는 개활지 너머에 있는 흰 벼랑을 바라보았다. 철수, 너는 어디에 있니.

"김철수씨는 훈련에 나오지 않았습니다."

영문을 알 수 없는 지루한 시간이 지난 뒤에 누군가 말했다.

"하지만 분명히 여기 있다고 들었는데요."

그들은 다시 입을 다물었다. 나뭇가지가 타닥타닥 소리를 내며 타고 있었다. 나는 허리를 굽혀 철수의 닭이 든 종이봉지를 주웠다.

"뜨거운 물이 있는데 드시겠습니까?"

코펠에서 끓고 있던 뜨거운 물을 받아 마셨다. 머릿속에 칼끝이 통과하듯 통증이 느껴졌다. 나는 얼어 있었던 것이다. 다른 군인들처럼 나는 눈에 젖은 흙 위에 앉았다.

"김철수씨는 훈련에 나오지 않았습니다."

군인은 다시 한번 말했다.

"그곳에서는 분명히 그렇게 말했어요."

"무슨 오해가 있었나봅니다. 사고가 난 김철수씨와 혼동했을 수도 있고."

"사고가 난 김철수씨라뇨?"

나는 섬광처럼 빠르게 물었다. 뜨거운 물이 머릿속에서 폭발했다. 군인들은 뭐라고 말해야 할지 모르겠다는 듯 다시 입을 다물었다. 그들 중에 아무도 책임자의 위치에 있는 사람은 없는 것 같았다. 그래서 그들은 무엇을 어디까지 나에게 말해주어야 할지 망설이고 있는 듯했다.

"사실은, 김철수라는 이름을 가진 실습소대장이 두 명입니다."

"......"

"훈련에 나온 김철수 실습소대장은 지금 여기에 없습니다. 누구를 찾아왔는지는 모르겠지만, 하여튼 처음으로 돌아

철수

가십시오. 그곳에 있는 김철수씨가 아마 찾아오신 분이 맞을 겁니다."

부대에는 두 명의 김철수 실습소대장이 있다. 아무도 나에게 그것을 말해주지 않아서 나는 상상하지 못했다. 그중의 누가 내가 알고 있는 그 김철수인지 모른다. 나도 모르고 여기 있는 이 영양실조 걸린 군인들도 모른다. 확실한 것은 이곳에 있는 김철수는 무슨 이유인지는 모르지만 내가 만날 수 없는 김철수라는 것이다. 눈발이 날리는 차가운 겨울날 뭔가 비밀스러운 사고를 당한 김철수를 나는 절대로 만날 수 없는 것이다. 처음으로 돌아간다면 그곳에는 또 한 명의 김철수가 있어서 처음의 그곳에서 나는 그를 만날 수 있다. 내가 알고, 그에게 줄 닭을 들고 그토록 먼 길을 헤매었던 그 김철수는 어느 쪽인지 아무도 모른다. 나는 불타버린 개활지의 흰 벼랑 앞에서야 그것을 알았다. 더러운 훈련복을 입고 영양실조로 터진 입술과 비타민 부족으로 충혈된 잇몸을 하고 있는 이 군인들과 함께.

"돌아가겠어요. 어쨌든 감사합니다."

나는 뜨거운 물을 주고 나에게 말을 해준 군인에게 고개를 숙여 인사했다.

"몸을 좀 녹이고 가는 게 어떻겠습니까."

군인은 나를 동정하는 눈길로 보면서 말했다. 따뜻한 불가. 나도 그곳에 끝없이 앉아 있고 싶었다. 철수의 닭 따위는 미친 개나 뜯어먹어버리라고 하지. 그러나 나는 흰 벼랑 아래로 추락하듯이 날고 있는 까마귀들을 보면서 그냥 그 자리에 서 있었다. 나는 활활 타고 있는 그 불가로 다가가지 못했다. 철수는 어디에 있는가. 여기에? 아니면 그곳에? 내가 찾는 철수는 아주 사소한 사고로 죽었는가? 병원에 있는가? 아니면 지금쯤 여자친구나 어머니나 여동생을 만나고 있는 중산층 출신의 실습소대장들 사이에 끼어서 나와 닭의 존재 따위는 까맣게 잊어버리고 술을 한잔쯤 걸치고는 시시덕거리고 있는가. 무엇이 현실이고 무엇이 환각일까. 그리고 정말 내가 원하는 것은 무엇일까. 현실인가, 환각인가. 닭을 기다리고 있는 오래전과 다름없는 무감동한 철수인가 아니면 이 차가운 벼랑 아래에 까마귀와 함께 있는 영양실조의 철수인가.

내가 다시 부대로 돌아왔을 때 면회실에는 다른 군인이 면회 신청을 받고 있었다. 나는 다시 처음부터 주민등록번호와 이름과 주소를 대고 김철수를 만나고 싶다고 했다. 군인은 철수가 있는 곳을 가르쳐주었다. 철수가 있는 곳은 간이지붕을 얹은 야외 벤치였다. 철수는 다른 실습소대장들과 그들을 면회 온 여자친구와 어머니와 여동생 들과 어울려서 공식적으로는 부대 내에서 금지되어 있는 술, 싸구려 위스키를 마시고 있었다. 모든 일은 생각했던 대로 일어나고, 변하지 않았으며, 여전히 그들은 낄낄거리고 있었다. 나는 철수에게 다가갔다. 사람들 사이에서 고개를 처박고 웃고 있던 철수의 옆구리를 누군가 찌르면서 귓속말을 했다. 그제야 철수는 나를 알아보았다. 내가 가까이 다가갈수록 점점 더 많은 사람들이 나를 바라보았다. 그들은 웃음을 멈추었다. 여자친구와 어머니와 여동생들도 웃음을 멈추고 경계심을 가지고 나를 보았다. 눈은 여전히 내리고 있었지만 순모코트를 입고 있는 그들은 별로 춥지 않은 듯 보였다.

"왜 이렇게 늦었어?"

철수가 다가와 어색하게 물었다. 그리고 내 손에 쥐어진, 이제는 누더기처럼 되어버린 닭이 든 종이봉지를 받아들었다.

"기다리다가 친구들과 어울리고 있었어. 다리를 만드는 것에 대해 이야기하고 있었어. 친구들 중의 한 명이 교량건축 전공이거든."

교량건축이라고? 다리를 만든다고? 내 표정은 경멸감을 숨기지 않았고, 철수는 기분이 상했겠지만 친구들의 얼굴을 생각해서 꾹 참고 있었다.

"쿠키 드시겠어요?"

그들의 여자친구들 중의 하나가 나에게 쿠키와 과일이 담긴

철수

접시를 내밀었다. 흰 눈이 내리는 아래, 거기 벤치에 모인 여자들의 옷차림이나 얼굴빛은 나와는 너무 달랐다. 사람들의 입에서 하얀 입김이 뿜어져나왔다. 나는 말없이 싸늘하게 고개를 저었다. 철수가 내 손을 잡고 어깨를 안았다.

"우리 저쪽으로 가서 얘기하자."

내 몸에 손대지 말아. 내 얼굴을 만지지 말아. 나는 짐승이 아니야.

왜 갑자기 그런 생각이 들었을까.

나는 의아한 생각이 들었지만 철수는 앞만 보고 걸었다.

"엄마에게 편지를 썼어. 면회 오지 말라고. 네가 불편하잖아. 엄마에게 그렇게 다 말했어."

"아무래도 상관없는데."

"상관없지 않았잖아."

철수는 화난 듯했다.

"너무나 늦어서 오지 않는 줄 알았어."

"나 이른 아침에 집에서 나왔어."

"그런데 왜? 지금은 오후 세시가 다 됐어."

"면회실의 사람들이 네가 다른 곳에서 하는 훈련에 참가했다고 말했어. 그래서 눈 오는 산 너머에 있는 그 다른 곳을 찾아갔는데, 그곳에서는 네가 이곳에 있다고 했어. 김철수라는 이름을 가진 실습소대장이 이 부대에는 두 명이 있다고 하면서. 그중의 한 명은 그곳에서 훈련을 하다가 사고를 당해서 나는 그를 만날 수 없으니 이곳으로 가보라고 했어. 네가 바로 내가 찾는 김철수일 거라면서. 나, 너를 다시는 만날 수 없게 되지 않을까 걱정하면서 다시 이곳으로 왔어."

빠르게 말을 하다보니 과연 나도 내가 하는 이야기를 정말로 믿고 있는 것일까 의심이 가기 시작했다. 나는 입을 다물었다. 더이상 무슨 설명이 필요할 것 같지도 않았다. 철수도 그랬을 것이다. 철수는 입을 반쯤 벌린 채 내 말을 듣고 난 후 일 분 정도 아무 말도 하지 않았다.

철수

"에? 무슨 말을 하는지 모르겠어. 이곳에 실습소대장이 한 오백 명쯤 된다고 생각해? 김철수는 나 하나뿐이야. 뭔가 엄청난 오해가 있었나봐. 의심 가면 다른 사람들에게 물어봐도 좋아."

나도 뭐가 뭔지 모르겠어. 내가 지금 너에게 느끼는 것도 증오인지, 가슴속 깊이 숨겨진 단조로운 애정인지, 아니면 지리멸렬할 뿐인 이 생을 견뎌나가기 위해 어떤 극적인 감정을 연기하고 있는 것인지. 하지만 제발 그런 식으로 내 어깨를 만지지 말아. 난 짐승이 아냐.

"밥은 먹었니?"

잠시 침묵 후에 철수가 물었다. 우리는 걸으면서 손을 잡고 있었다. 눈이 가볍게 내려쌓이는 포장되지 않은 길을 마치 연인들처럼. 나는 고개를 저었다.

"여기서는 딱히 먹을 게 없다. 빵 정도가 전부야."

철수는 안타까운 듯 말했다가 갑자기 생각났다는 듯이 닭이

든 봉지를 치켜들었다.

"아, 닭이 있었구나."

순간 나는 소름이 오싹 끼쳤다. 설마 그 닭을 나보고 먹으라는 것은 아니겠지.

"난 닭이 싫어. 그리고 그건 철수 너의 닭이야."

"그런 게 어디 있어."

"그리고 철수, 나 화장실이 급해."

"저쪽에 있어."

군인들이 사용하는 재래식 변소가 있는 연병장 한편을 철수가 가리켰다. 나는 가능하면 몸이 변소 문에 닿지 않도록 조심하면서 엉거주춤하게 앉아서 오래 오줌을 누었다. 내 엉덩이와 허벅지는 섬뜩하게 차가웠다. 변소에서 나오니 철수가 콜라 캔을 가지고 와서 종이컵에 콜라를 따르고 있었다. 눈이 내리는 연병장이 보이는 나무 아래 벤치였다. 저 아래쪽에서 철수의 친구들과 그들의 여자친구들과 어머니와 여동생 들이 우리를 올려다보고 있었다. 그들은 내가 철수의 닭을 얼마나 맛있게 먹나 지켜보고 있는 듯했다.

"자, 마셔."

철수는 컵에 따른 콜라를 나에게 내밀었다. 나는 고개를 저었다.

"좀 마셔봐. 오늘 아무것도 먹지 못했을 거 아냐."

철수는 말하면서 닭을 찢고 있었다.

"철수, 김철수라는 사람이 이곳에 둘이었니?"

"뭐?"

철수는 닭을 찢다 말고 나를 보았다.

"말해줘. 김철수 실습소대장이 너 말고 또 있었니?"

"아니라고 했잖아. 그건 잘못된 거라고. 네가 잘못 들었든지, 아니면 멍청한 사병이 너의 말을 잘못 알아들었든지, 둘 중의 하나야. 그리고 지금 그게 뭐가 그렇게 중요하니? 너는 지금 이곳에 왔고 네가 찾아온 그 김철수가 눈앞에 있는데. 왜 그러는 거니? 자, 닭을 먹으라니까."

"그건 너의 닭이야."

나는 닭의 시체를 내미는 철수의 손을 밀었다.

"철수라는 이름은 드문 이름이 아니야. 그렇지?"

"도대체 무슨 말을 하고 싶은 거니?"

"나는 이곳에서도, 그리고 훈련하는 곳에 가서도 분명히 발음했어. 김철수, 김철수를 만나러 왔어요. 그렇게. 그런데도 모든 사람들이 말했어. 김철수는 두 명이에요. 그중의 어떤 김철수가 당신이 찾는 김철수인지 모르겠군요. 하지만 그중의 한 명은 이미 만날 수 없고 또 다른 김철수를 찾아가보세요, 라고."

"너는 지금 지쳤어."

철수는 달래듯 내 눈을 들여다보았다.

"그래서 신경이 예민해져 있는 거야. 틀림없이. 이 닭을 먹으면 기운이 날 거고, 그러면 다 괜찮아질 거야. 내 말대로 해."

철수

 눈물이 조금 내 눈에 고였다. 나는 지금까지도 슬픔이란 무엇인가 잘 알 수가 없다. 강렬하고 선명하게 내 가슴에 찾아오는 사나운 폭도 같은 슬픔. 그런 것이 무엇일까. 우리의 모든 일상과 권태와 반복과 연극을 투과해서 스며들어오는 슬픔이라는 것이 살을 찢는 고통이나 발바닥에 박히는 유리조각처럼 정말로 존재하는 어떤 것인가.
 "너의 어머니를 찾아갔었어. 전화가 왔었거든."
 나는 철수의 닭을 무시하고 계속 말했다. 철수는 내 눈물을 보았겠지만 닭을 내미는 손을 거두지 않았다.
 "너와 나는 정말로 어울리지 않아. 옛날처럼 학교 앞 버스 정류장에서 만나면 안녕, 하고 인사하는 그런 관계라면 무리가 없겠지만 이런 식은 아니야."
 "지금 무슨 말을 하고 있는 거야?"
 "나는 너와 너의 어머니의 그런 태도가 싫어."
 분노와 상한 자존심을 참고 있는지, 철수의 목소리가 신경질적으로 높아졌다. 나는 철수의 닭을 받아 알루미늄 도시락에 넣고 그것을 찢어진 종이봉지에 담았다. 철수는 아무 말 없이 보고 있었다. 나는 닭을 싼 종이봉지를 들고 군인들의 변소로 걸어갔다. 눈이 닭의 시체를 싼 종이봉지와 내 발자국과 스웨터와 군인들의 변소에 한밤의 그림처럼 곱게 내려쌓였다. 사위는 무섭게 어두워 시간을 상상할 수 없는 그늘이 천지에 가득했다. 철수의 닭을 군인들의 변소에 버리고 돌아서자 거기 눈앞에 철수가 서 있었다. 나는 철수를 돌아보지 않고 계속 길을 걸어내려갔다. 철수의 친구들과 그들의 여자친구들과 어머니와 여동생 들이 우리를 빤히 쳐다보고 있었다.

"나는 너를 용서하지 않을 거야. 절대로."

내가 철수를 스쳐 지나갈 때 철수가 이빨 사이로 씹어 뱉듯 낮게 중얼거렸다. 철수는 계속했다.

"너는 내가 이해할 수 없는 이상한 핑계를 대면서 벽을 쌓고만 있어. 나는 아무렇게나 기분대로 이 세상을 사는 인간들이 언제나 싫었어. 나, 너에게 의무감을 가지려고 했어."

나는 철수를 돌아보지 않고 말했다.

"너의 변소가 너의 닭을 먹었으니 이제 너는 의무를 다했어."

그리고 나는 떠났다.

집으로 돌아온 나는 병이 났다. 열이 오르고 몸에는 반점이 돋았다. 내 방은 오랫동안 청소하지 않아 먼지투성이였고 밤이면 쥐가 기어다니는 소리가 났다. 내가 죽었는가 살았는가 방문을 열어보는 사람은 없었다. 대학에서 크리스마스 파티를 할 예정인데 나올 수 있겠냐고 묻는 전화가 왔다. 내가 앓고 있는 내내 눈이 내려 강원도로 주말여행을 떠났던 사람들이 돌아오지 못하는 소동이 벌어졌다고 대학 사무실의 다른 여직원이 말해주었다. 사흘째 되는 날 열이 내리자 나는 찬장에서 빵과 버터를 꺼내 보리차와 함께 먹었다. 차가운 버터는 식은 보리

차와 함께 입안에서 겉돌았다. 오빠가 일본으로 떠날 날이 가까워왔다. 일본으로 가는 데 더 필요한 돈은 은행에서 대출을 받을 생각이라고 오빠가 말해주었다. 오빠는 검은 털모자를 쓰고 검은 장화를 신고 검은 장갑을 꼈다. 그런 오빠는 나이든 좀도둑처럼 보였다.

"돈을 보내줄게."

오빠는 나에게 약속했다.

"미아가 고등학교에 올라가고 너도 이제 결혼하려면 돈이 필요할 거야. 돈을 보내줄게. 이제 식당 아르바이트 같은 것은 하지 말아."

"난 결혼 같은 거 안 해, 오빠."

"무슨 소리야. 철수가 있잖아."

오빠는 씩 웃었다. 그러지 말아 오빠. 오빠도 이 모든 것이 연극에 지나지 않는다는 걸 잘 알고 있잖아.

오빠와 함께 은행에서 돌아오는 길에 우리는 사진을 찍었

철수

다. 사진관의 거울 앞에서 나는 머리를 단정하게 빗고 립스틱을 새로 발랐다. 우리 가족은 사진관에서 사진을 찍어본 적이 없었다. 집으로 돌아가는 길에 마치 처음 보는 것처럼 거기 사진관이 있었다. 오빠는 내 머리를 만지면서 우리 사진을 찍자, 하고 말했다. 카메라 앞에서 오빠와 나는 손을 잡았다. 오빠의 손은 열이 있는 듯 뜨거웠다. 그리고 오빠와 나는 둘 다 손에 땀이 나고 있었다. 내가 이날 이후 오빠를 다시 볼 수 없게 된다면 백 년 뒤에 생각하게 될 것이다. 아, 이 사진 속의 오빠는 마지막 얼굴이었다. 먼 미래의 마지막 얼굴. 끈적끈적한 땀 속에서 오빠와 나는 약속이나 한 듯 힘있게 손을 잡았다.

그렇게 청소용역회사 직원들과 함께 오빠는 일본으로 떠났다. 대학 사무실에서 열리는 크리스마스 파티에 나는 참석하지 않았다. 어머니와 나는 감옥에 있는 사람들에게 줄 크리스마스 카드를 그렸다. 난방이 잘 안 되는 집은 손을 호호 불어가며 일해야 할 정도로 추웠다. 이제 해가 바뀌면 나는 새로운 일자리를 구해야 한다. 아침이면 성에가 덮인 유리창을 열고 앙상한 가로수들이 죽어 있는 거리를 내려다본다. 길 건너편으로는 서민아파트 단지가 들어설 예정이었다. 그러면 더러운 물이 흐르는 개울가의 염료공장은 폐쇄될지도 몰랐다. 그러나 아직은 공사를 시작하는 소음이 들려오지 않았다.

"오빠도 저런 곳에서 일하고 멀리 떠나지 말았으면 좋았을 텐데."

나는 혼잣말로 중얼거렸다. 어머니는 크리스마스카드에 물감을 칠하다 말고 신념에 찬 목소리로 고개를 저었다.

"아니다. 남자는 큰 뜻을 품고 나가야 된다. 언제까지나 날품팔이 인부로 지낼 수는 없는 것이야."

"어머니는 정말로 오빠가 다시 돌아오리라고 생각해?"

나는 창문 너머를 바라보면서 어머니에게 물었다. 어쩌면 어머니도 다 알고 있을지도 모른다. 오늘처럼 술을 마시지 않은 날에는.

철수

"그럼. 그애는 내 뱃속에서 나온 아이다. 누가 나만큼 알 수 있겠니. 난 믿는다."

어머니는 붓을 든 손놀림을 멈추지 않고 나를 돌아보지도 않은 채 흔들리지 않았다.

시간이 흐르면 철수는 비슷한 식탁에서 밥을 먹으며 비슷한 대화를 나누는 비슷한 사람들이 되어 내 거울 속에 떠오를지도 모른다. 거울 속의 철수가 나에게 꽁꽁 얼어붙은 닭의 시체를 내민다.

'자, 닭을 먹어. 그러면 좋아질 거야.'

철수, 그때는 내가 너의 닭을 먹을게. 기꺼이 너의 변소가 될게. 살아가면서 한 번은, 어느 한순간만은 열렬히 순수해질 수 있을 테니 그때에.

"철수 면회는 잘 갔다 왔니?"

어머니가 생각난 듯이 물었다.

"지난번에 다녀왔잖아."

"철수는 어떻게 지내더니?"

"만나지 못했어."

"만나지 못했다고?"

"응, 철수는 그곳에 없었어."

철수는 그곳에 없었다. 철수는 까마귀처럼 흰 벼랑에서 떨어져버렸으며 나는 철수의 죽은 닭을 들고 눈 오는 군인들의 마을을 헤매다가 집으로 돌아와 병이 들었다. 철수는 그것을 알까. 철수는 자라서 철수의 어머니가 되고 아버지가 된다. 나 또한 자라서 나의 어머니가 되고 아버지가 된다. 그러나 흰 벼랑에서 떨어진 또 다른 철수와 나는 비 오는 빈집의 창밖을 소리없이 지나갈 것이다. 시간의 시체들 위로 비가 내린다.

어머니와 나는 완성된 크리스마스카드와 캔디를 포장했다.

"철수와 너는 어울리지 않았어. 나는 너희들이 왜 그토록 오래 친하게 지내는지 그 이유를 모르겠다."

"그런 것까지 알 필요 없잖아. 하지만 이제 철수는 없으니 만날 일도 없어."

"그앤 멍청하고 둔했어."

"제발 부탁이니 참견하지 말아. 뭘 안다고 그래."

아버지는 크리스마스카드와 캔디를 받아볼 수 있을까. 감옥으로 들어가기 전 아버지는 우리에게 말했었다.

"나는 자살하고 싶다. 너무나 억울하다. 독이 묻은 종이에 편지를 써서 보내다오. 그걸 통째로 삼킬 테니까."

그러나 우리는 독이 묻지 않은 크리스마스카드와 책과 캔디를 보냈다. 아버지는 우리가 보낸 책을 한 장 한 장 남김없이 다 뜯어먹었을지도 모른다. 아버지의 희망을 이루기 위해서는 다른 방법을 찾는 것이 더 나을 것이다. 여동생이 춤을 추듯이 하며 마당으로 들어섰다. 여동생의 최근의 꿈은 모델이 되는 것이다. 얼마 전까지는 미용사가 되는 것이 꿈이었다. 그 아이는 아버지의 일은 별로 기억이 없다고 했다.

"나는 공부가 시시해."

여동생은 책가방을 마루에 던져놓고 운동화 끈을 풀었다.

"왜 그딴 거에 목숨 걸고 덤벼드는지 몰라. 나는 이제 공부는 안 하겠어. 일등을 하거나 백 점을 받는 것은 마음만 먹으면 얼마든지 가능한 일인데. 줄창 그 짓만 하고 있을 수는 없는 거 아냐. 다른 할 일도 얼마든지 많은데."

여동생은 우리 중 유일하게 미래를 꿈꾸고 있다.

"언니, 나는 레즈비언이 되겠어."

나는 그 아이의 목소리를 들으면서 아버지에게 보내는 카드에 메모를 썼다.

"그래서 새로운 세상으로 나갈래. 아주 다른 뭔가가 반드시 있을 거야. 눈에 보이는 것만이 전부는 아닐 거야. 내가 이렇게 말하니 친구들이 날 천재라고 했어."

태생과 의지를 뛰어넘는 세상을 그 아이는 말하고 있는 것이다. 우리 중 유일하게 수학여행을 가본 아이이니 그 아이의 생각은 뭔가 다를 것이다. 나는 아버지에게 보내는 메모를 쓸

때마다 망설여진다. 아버지가 바라는 것은 이런 가족들의 안부를 전하는 메모 따위가 아님을 잘 알기 때문이다. 독약이 묻은 종이에 쓴 메모인 줄 알고 아버지는 이것마저도 삼켜버릴 것이다. 고요. 감옥 속의 고요. 이 세상이라는 시간의 감옥. 둥지와 계급의 감옥. 결코 타인의 언어로 변환되지 않는 코드의 감옥. 육체의 감옥. 추락하는 순간에도 놓을 수 없는 땀이 밴 손의 감옥. 철수의 감옥.

'아버지, 오빠는 일본으로 떠났습니다. 일 년 비자를 받아 갔지만 아마 영원히 돌아오지 않을 겁니다. 오빠는 오사카의 검은 폐수가 흐르는 하수도 터널 속에서 살아갈 겁니다. 거긴 불법체류자를 찾아내는 경찰이 없으니까요. 어머니는 어제 소주를 반병밖에 마시지 않았습니다. 주정은 한 시간밖에 하지 않구요.'

이런 말 따위는 아버지는 듣고 싶지 않을 것이다. 어머니는 언제나 연말이면 쓰는 편지를 쓰고 있었다. 시민단체에 보내는 편지. 아무도 믿어주지 않고 관심 갖지 않는 오래된 사건에 관한 끝없는 변명의 사연.

"그래도 이번에는 다를 거야."

어머니는 희망을 잃지 않는다.

"교회에서 내 편지에 관심을 가져주기로 했다. 결코 권력을 이용해 부정한 축재를 하거나 뇌물을 받고 사건을 처리하지 않았다는 걸 언젠가는 그들도 믿게 될 거다. 어쩌면 법원이나 감옥 앞에서 시위를 하게 될지도 모른다."

"그 교회는 어머니가 술 마시는 거 알아?"

"교회가 도와줄 거야."

"어머니, 아버지는 투사도 아니고 정치범도 아니고 양심수는 더더욱 아니야. 왜 아직까지 그걸 몰라. 요새는 그런 사람이 아니면 아무도 관심을 가져주지 않아."

"하지만 억울한 것은 사실이잖니."

"이제 와서 어쩌겠어. 그리고 아버지가 정말로 억울할까? 난 그런 생각이 들어."

"그게 무슨 말이니?"

"아버지가 어떤 방법으로든 부패했던 것은 사실이야. 정말로 자기 운명을 억울해할 자격이 있는 사람은 없다고 생각해. 누구도 완벽하게 결백할 수는 없잖아."

"아버지가 부패했다고? 그런 무서운 말을 넌 아무렇지도 않게 하는구나. 아무도 본 사람도 없고 증거도 없는데. 아버지는 권력에 이용당한 거야."

"어머니, 그런 걸 집단최면에 걸렸다고 하는 거야. 뭐든지 다 반체제적으로 해석하면 답이 나오는 줄 알아?"

"그러면 우리는, 우리가 이렇게 사는 것이 너는 정당하다고 생각하니? 너는 받아들일지 몰라도 나는 안 된다. 그리고 너의 아버지가 희생양이 된 것은 시청 사람들 누구나 다 아는 일이다. 그들은 우리를 돌봐주겠다고 했는데. 생활비를 보내주겠다고 했는데, 아무도 연락하지 않는구나."

"어머니나 나나 우리 모두는 전부 다 그럴 만한 생을 살고 있는 거야. 모르겠어? 부패나 범죄나 양심의 문제가 아니야."

"너는 심장에 칼이 꽂힌 채 태어났으니까 그렇게 말하는 것도 당연하지. 나는 그래서 네가 무슨 말을 해도 이제 놀라지 않는다."

감옥 앞에서는 새벽부터 시위가 벌어지고 있었다. 아버지가 있는 감옥에는 얼마 전부터 국가보안법 위반 정치범들이 들어왔고 그들은 교도관의 부당한 폭력행위에 반발하며 단식투쟁을 하고 있다고 했다. 그들의 가족들이 폭력 교도관을 처벌하고 교도관에게 항의하느라 못을 열두 개나 삼킨 정치범을 병원으로 보내달라고 하는 시위였다. 나는 스카프로 목을 감싸고 감옥의 담장길을 걸어갔다. 겨울 저녁의 마지막 해가 보이지 않았다. 시위 군중은 시간이 지날수록 점점 더 늘어가고 있고 감옥의 문은 열리지 않았다. 오늘은 면회가 어려울 것 같다. 텔레비전 카메라가 도착하자 나는 감옥 앞을 떠났다. 그 정치범

철수

은 어떻게 해서 열두 개의 못을 구했을까. 열두 개의 못을 삼키면 서서히 죽어갈 수 있을까. 대학생으로 보이는 남자들이 화염병이 든 배낭을 메고 버스에서 내리고 있었다. 그들 중의 한 명이 나에게 말을 걸었다.

"저녁때 집회가 있습니다. 우리 다 같이 투쟁합시다."

"갑시다. 아직 민족의 새벽이 오지 않았습니다."

나는 열혈당원인 그들을 지나쳐 버스 정류장으로 걸어가면서 커피를 한 잔 사 마셨다. 잠시 기다렸다가 한 잔을 더 사 마셨다. 용감한 사람들의 그림자가 멀어져갔다. 나는 아버지에게 보내려고 한 메모지를 꺼내 바람 부는 길가에 서서 뒷면에 적어넣었다.

'아버지, 못을 먹어요.'

이것이 1988년에 일어난 일의 전부다.

1988년은 나에게 시작이며 끝이었다. 내 인생을 통틀어 특별히 불행하지도 않았고 특별히 더 행복하지 않았던 한 해였다. 그것은 1978년과 특별히 다르지 않았으며 1998년과 비교해볼 때 더 인상적이지도 덜 인상적이지도 않았다. 1988년에 일어났던 일들은 1978년에도 일어났으며 1998년에도 일어났을 것이다. 1988년에 만났던 사람들은 1978년에 지하철에서 내 어깨를 밀치며 지나갔었고 1998년 밤의 주유소 거리에서 무감동한 눈길로 마주친 그들과 다르지 않았다. 그들은 가족이었고 낯선 중산층이었으며 영양실조에 걸린 군인들이었다. 서로가 서로에게 변소였고 타인이었고 벼랑이고 까마귀이고 감옥이었다. 그들은 영원히 그들에 지나지 않았다. 제3의 불특정한 인칭들.

1988년 이후 나는 여러 가지 직업을 가졌다. 대학에서는 계약을 일 년 더 연장할 것을 제안해왔지만 나는 아버지의 친구가 소개해준 법률사무소로 직장을 옮겼다. 그곳이 월급이 더 많았기 때문이다. 식당 아르바이트는 그만두었다. 법률사무소

철수

를 그만둔 뒤에는 백화점의 홍보실과 자동차회사의 사보를 만드는 일을 했다. 때로는 카메라로 건축물의 사진을 찍었으며 사람들을 만나 인터뷰를 했고 원고를 정리했다. 1988년에 하던 것과 크게 다르지 않은 일들이었다. 타이프라이터가 워드프로세서로 바뀌었고 곧 퍼스널컴퓨터로 바뀌었을 뿐이었다. 나는 늦은 밤 사무실 의자에 깊숙이 앉아 〈Barefoot〉을 열세 번이나 반복해서 들었다. 정확히 열세 번이다. 열시가 되면 건물은 전체가 소등되고 강물에 가라앉은 별처럼 반짝이는 차들의 불빛이 일정한 방향으로 흘러갔다. 〈Barefoot〉을 들으면서 나는 책상에 다리를 올리고 의자에 등을 기댔다가, 갑자기 살아난 시체처럼 벌떡 일어나 어두운 사무실을 서성거렸다. ……그리고 나는 여러 사람들과 이야기를 나누기도 했다. 버스 정류장이나 전철 안에서 또는 사무실이나 공원이나 경찰서나 양은 냄비에 끓인 라면을 파는 상점에서. 일 때문이기도 했고 잘못 걸려온 전화 때문이기도 했고 친구라고 부르는 사람도 있었으며 더 가까워지기를 원하는 사람도 있었다. 거의 매일 만나는 사람들도 있었고 비즈니스적인 관계도 있었으며 같이 술을 마시고 싶은 사람들도 있었고 돈을 빌려달라는 사람들도 있었으며 긴장이 늦춰질 시간이면 한 번쯤은 유혹해보고 싶은 사람들도 있었다. 그리고 때로 한 번도 본 적이 없는 알지 못하는 사람일 때도 있었다.

"1988년에 나는 5사단에 있었습니다."

그 사람은 그렇게 시작했다.

"그랬군요."

"군 복무를 하고 있었죠."

"……"

"당신을 본 것도 같군요."

나는 웃었다. 소리내지 않고 웃었기 때문에 전화기 저편의 사람은 내 웃음을 볼 수 없다. 그는 단지 침묵이라고 생각했을 것이다.

철수

"눈이 내리던, 흐린 날이었죠."

내 침묵에 신경쓰지 않고 그는 계속 말했다.

"나를 알지도 못하면서 그렇게 말하는군요."

"그렇죠."

그는 수긍했다.

"적어도, 우리는 인식 속에서는 한 번도 만난 일이 없으니까요."

"나는 당신이 누구인지 모릅니다."

"이제부터 말하려고 하는 참인데요."

"일 분의 시간을 주겠어요. 시작해보세요."

나는 시계를 쳐다보지도 않고 말했다.

"나는, 1988년 연천에 있는 5사단에서 실습소대장으로 근무하고 있었습니다. 대통령의 아들들을 위해 만들어진 제도라는 인상을 갖게 하는 군 복무 형태였는데, 덕분에 나 같은 가난한 집안의 아들도 운이 좋으면 혜택을 받을 수 있었죠. 이런, 벌써 십 년 정도의 시간이 지났군요. 나는 대학에서 사회학을 강의합니다. 정교수는 아니고 흔히 밤무대를 뛴다고 말하는 야간 강좌의 외부 시간강사입니다. 낮에는 평범한 회사원으로 일합니다. 강의의 정식 명칭은 범죄사회학이죠. 세 시간 동안 연속해서 강의합니다. 강의 주제는 매주 바뀌죠. 살인, 강도, 절도, 강간, 가정폭력 등입니다."

"어떤 사람들이 살인을 하나요?"

"살인자들이겠죠."

"일 분이 지난 것 같군요."

"이 지구 위의 대 인간병기를 사라지게 하는 것이 불가능하다고 생각하십니까?"

"?"

"그것이 살인과 무엇이 다른가요?"

"……하나도 다르지 않아요."

"'인간 띠 잇기' 모임을 가질 겁니다."

철수

"그런다고 해서 달라지는 것은 아무것도 없을 거예요."
"그래도 나오시겠죠?"
"약속이 있을지도 몰라요."
"가벼운 약속 정도는 취소하고 나오는 사람들이 모입니다."
"보기 드문 이상주의자시군요."
"그 반대일지도 모릅니다."
"나는, 많이 변했어요. 알아보지 못할지도 몰라요."

이상하게도 시간은 반복되었다. 그것은 기억보다 오래 살아남았다. 철수는 옛날에도 어디에도 없었으며 앞으로도 마찬가지였다. 무의미한 감각은 피부에 남아 지워지지 않는 잇자국처럼 선명했다. 의도하는 것들을 밀어내며 거부하는 것들을 거부하며 노래하는 것들을 잊으며 시간은 사랑하는 사람의 백발처럼, 외면하는 일들로 가득하다.

오빠가 떠난 뒤 일 년쯤 16번지에 살고 있던 우리는 더이상 그곳에서 살 수가 없게 되었다. 구청에서는 아파트 공사 때문에 지반이 약해져서 근처의 재건축되지 않은 집들이 붕괴 위험이 있다고 했다. 우리는 갈 곳이 없어졌다. 25번지와 337번지와 1115번지. 우리가 이사를 다닌 곳이다. 오빠에게서는 아무 연락이 없다. 편지를 쓰지도 않았고 돈을 보내주지도 않았다. 나는 오빠가 나를 배반했다고는 절대로 생각하지 않는다. 땀이 밴 손을 꼭 잡으며 절대로 놓지 않을 듯이 오빠가 나에게 맹세한 것은 돈이나 편지가 아니었다. 그것은 돈이나 편지의 이름을 가진 시간의 망각이었다. 나는 그것을 이해했다. 어느 한순간 인간이 그의 생에서 가장 순수하여 가벼운 약속을 취소하고 멀리 있는 것처럼 보이는 불특정한 이상을 그리워하는 그런 시간이다. 따스한 아침 식탁의 기도나 다정한 가족들의 대화, 한 단계 한 단계 진화해나가는 삶을 감동하지 않는 핏줄. 그래서 오빠는 이제 자유로울 것이다. 오사카의 어두운 하수도 터널에서 스며드는 폐수를 청소하고 있을 나의 오빠. 나는 그런 오빠를 사랑했다. 그가 가족이어서도 아니고 세탁기를 사주

철수

었기 때문도 아니다. 그가 나에게 남기고 간 것은 오래오래 살아남는 불감不感, 박제처럼 아름다운 궁핍의 고요.
"집을 나갈 생각은 꿈에도 하지 말아라."
어머니는 나에 대해 걱정이 많다.
"내 돈을 다 갚으려면 아직 멀었어. 내가 죽기 전에는 끝나지 않을 거야, 절대로."
어머니는 쓸데없는 걱정을 하고 있는 것이다. 우리 중에 어머니가 가장 오래 살아 있을 테니까. 그건 사실이었다. 영리하고도 영리했던 내 여동생 미아는 미용사도 모델도 레즈비언도 되지 못했다. 그것은 슬픈 일이었다. 슬픔이 그 아이의 머리칼을 빠지게 했다. 머리칼이 거의 다 빠져버렸을 때 미아가 거울 속에서 말했다.
"언니, 나 박제가 되어가고 있나봐."
나는 16번지를 찾아간다. 녹슨 대문에 열쇠를 넣으니 한참을 삐걱거리다가 문이 열렸다. 폭우가 쏟아지는 밤이었다. 집은 반쯤 지붕이 무너져 흉흉한 모습이었다. 지반이 서서히 가라앉고 있는 듯 스러지지 않은 벽은 비스듬히 기울어져 있었다. 방이 네 개, 부엌과 욕실이 있는 집이었지만 이제 열두 평짜리 아파트먼트들이 들어찬 그늘에 가려 온 벽이 푸른 곰팡이투성이였다. 그 지독한 냄새. 유리창은 모두 깨어졌고 빛은 보이지 않는다. 거의 모든 벽으로 빗물이 새고 있었다. 벽을 파고 검은 털거미가 집을 짓고 전등은 깨어졌다. 남자는 이런 집으로 들어설 엄두가 안 난다는 듯 마당에 서 있다. 이런 곳에서는 살아본 적이 없을 것이다. 어떤 순간, 공포와 욕망과 환멸은 하나의 일그러진 얼굴이다. 나는 열심히 남자의 공포와 욕망과 환멸이 되어준다. 그것은 동시에 나의 공포와 욕망과 환멸이 되어 돌아온다. 남자는 나를 통해서 절대로 될 수 없었을 자기의 또 다른 모습을 보면서 즐기고 있다. 너는 차가워. 겨울날 빗물처럼 차갑다.

그때 어두운 창밖으로 내가 지나간다.

철수

소름끼치는 정전기.

내가 나를 만난 것은 그때가 처음이었다. 나는 나를 바라보지 않고 지나쳐갔다. 냄새도 없고 떨림도 없었다. 환각 속에 나타나는 것은 죽은 사람의 모습이라고 들었다.

'왜 그러는 거야?'

남자가 물었다.

'창밖으로 내가 지나갔어요.'

'무슨 말이야?'

'내가 지나갔어요. 나는 나를 처음 만나요.'

남자는 흐음 웃으면서 나를 무시한다.

'이곳은 금방이라도 허물어질 것 같군.'

'오래전에 허물어진다는 진단을 받았죠.'

'그리고 온통 쓰레기투성이야.'

'난 이곳에서 태어나고 자랐어요.'

'네가 하층 계급 출신이라고는 생각 안 해봤어.'

'1988년에 어디에 있었나요? 혹시 연천에 있지 않았어요?'
'무슨 미친 소리야. 난 그때 미국에 있었어.'
'그러면 그때 미국에서 꿈속에서 눈이 내리는 낚시터 옆 부대를 본 적은 없나요? 영양실조에 걸린 군인들과 죽은 닭은?'
'왜 그딴 걸 꿈속에서 봐야 해?'

남자는 먼지와 거미의 시체와 쥐들의 발자국으로 더러워진 의자 위에 놓인 사진을 손에 들고 있다. 남자는 라이터를 켜고 사진을 들여다본다. 1988년의 마지막이 지나갈 때 오빠와 내가 사진관에서 찍은 사진이다. 땀이 흐르는 두 손을 꼭 마주 잡고 내가 너를 지켜줄게. 이제 힘들게 하지 않을게, 맹세하면서 필사적으로 손을 놓지 않으려 하던 마지막 사진. 백 년 뒤의 마지막 사진.

'이건 넌가?'

남자는 사진 속의 나를 가리킨다.

'맞아요.'

철수

'이 사람은?'
'오빠.'
'오빠가 있었나? 나이 차이가 좀 나는 것 같은데.'
'열 살.'
'오빠는 지금 어디에 있나?'
'아마도 오사카의 하수도 터널에. 오래전부터 그곳에서 살고 있어요.'
'이상한 집안이군.'

불이 온통 꺼진 빈집은 빗물이 새고 있다. 주방과 현관에서 벽을 타고 빗물이 폭포처럼 흘러내리고 있다. 날 태워봐. 기름을 붓고 내 몸에 불을 붙여봐. 마녀처럼 날 화형시켜봐. 쓰레기봉지에 날 넣어서 소각로 속으로 집어던져봐. 나는 다이옥신이 되어 너의 폐 속으로 들어간다. 내 얼굴을 면도칼로 가볍게 긋고 스며나오는 피를 빨아봐. 고양이처럼 그 맛을 즐겨봐. 나는 피투성이가 되고 싶어. 내 안에 있는 나는 무엇인지, 어떤 추악

한 것인지 한 번도 만나보지 못한 채 이 세상을 떠나게 되는 것이 두려워 나는 마지막에 비명을 지르면서 눈물을 흘리겠지.

남자와 나는 비의 폭포 속으로 걸어나갔다. 16번지는 다시 텅 비고, 곰팡이와 거미의 나라로 남았다. 이렇게 비가 내리는 밤 사람들은 숨소리조차 크게 내기를 두려워하며 집 안에 머문다. 남자와 나는 배가 고프다. 우리, 어디론가 가서 무언가를 먹자. 아, 닭은 싫어요. 닭만 아니라면 좋아. 빗물은 도로를 따라 낮은 곳으로 낮은 곳으로 흘러간다. 쓸쓸하게 텅 빈 번화가 거리와 지하철 공사가 끝나지 않은 재개발 지역과 낡은 아파트 단지와 초라한 술집들이 있는 거리를 말없이 지나쳐갔다. 불이 꺼진 주유소에서 커피를 한 잔씩 뽑아 마시고 한 개비의 대마초를 나누어 피웠다. 필터가 있는 것은 그다지 강렬하지 않아서 운전하는 데 지장이 없다. 나는 이런 것 별로 좋아하지 않아. 어디로 갈까, 남자가 물었다.

철수

'로즈가든.'
'그건 타일랜드에 있어.'
'지금은 연천으로 가는 길에 있어요.'
'연천은 너무나 멀어. 국경까지 가자는 건가?'
'거기는 국경도 아니고 금방 도착할 거예요.'
'밥을 먹으러 거기까지 가나.'
'이 시간에 밥을 먹을 수 있는 곳이 없어요.'

머릿속에서 구름이 떠다녔다. 끝을 알 수 없게 높고 푸른 하늘과 아프리카에서 온 구름, 천천히 움직이는 바람, 그리고 천둥과 번개. 칠흑 같은 밤의 주유소 거리를 서성이면서. 라디오마저 폭우로 끊어진 시간. 나는 마침내 로즈가든을 발견한다. 로즈가든은 더 낡았고 더 초라해졌고 이 세상과 더 어울리지 않았다. 장미나무 한 그루 없는 회색 흙마당에 벽돌이 깔려 있었다. 남자는 주차장에 차를 세우더니 뭐야, 불이 꺼졌잖아, 하고 말한다. 비 때문에 세상이 가라앉고 있었다. 어둠 속으로 사람들의 모습이 나타났다 사라졌다. 한 명의 여자와 두 명의 남자였다. 여자는 크고 헐렁한 바지를 입고 있었으며 머리를 포도줏빛으로 염색하고 있었다. 남자들은 농구화를 신고 있었다. 그들은 거칠고 불량해 보였다. 너무나 어두웠기 때문에 차 곁을 유령처럼 스쳐 지나가는 그들을 나는 보았지만 남자는 보지 못했다. 내 황량한 시간의 한가운데로 남자를 데리고 온 것을 나는 그때 알았다. 남자는 내 팔에 기억보다 오래 살아남는 시간의 잇자국을 남겼다. 그리고 나는 남자의 백발을 본다. 당신이 죽으면 나는 당신을 박제로 만들겠다. 그래서 내가 영원히 가지겠다. 아침의 빛과 한낮의 절망과 저녁의 광기 어린 평화를 당신과 함께하겠다. 당신, 결코 왕족의 무덤으로 가서 눕지 못하리라.

그렇게, 절대로 무의미한 것이 되어 나는 시간을 살아남았다.

작가의 말

　철수는 밤 아홉시에 전화를 하고 그리고 열한시에 또 전화를 했다. 첫번째 전화는, 보고 싶었다, 오랜만이다, 이 전화번호를 가지고 다녔다, 지금 신촌 어디쯤을 지나가고 있는 중이다, 그런 내용이었고, 두번째 전화는 좀 풀이 죽은 목소리로 나 술을 마셨다, 너를 만나러 가고 싶었는데 그러지 못하겠다, 미안하다, 그랬다. 두 번 다 나는 괜찮다고 했다. 너 없이도 나는 십년 동안 아무 일 없이 살아왔으니까 앞으로도 괜찮을 거라고 했다.
　삶의 도식성과 도덕적 우월감.
　철수는 나에게 그런 것들을 보여주고 떠났다. 나는 빈곤감에 시달렸다. 나도 그런 것이 갖고 싶었다.

1998년 11월

배수아

철수

ⓒ 배수아

초판발행 2025년 7월 8일

지은이 배수아
편집 조연주
디자인 엄혜리
제작 제이오

펴낸곳 레제
출판신고 2017년 8월 3일 제2017-000196호
이메일 lese.erst@gmail.com

ISBN 979-11-967220-2-9 03810

이 책의 판권은 지은이와 레제에 있습니다.
이 책 내용의 전부 또는 일부를 재사용하려면 반드시 양측의 서면 동의를 받아야 합니다.